Titre original : *A Stone in My Hand*

Published by arrangement with Walker Books Limited, London SE11 5HJ.

300, rue Léon-Joulin, 31101 Toulouse Cedex 9, France
Loi 49-956 du 16 juillet 1949
Sur les publications destinées à la jeunesse
ISBN : 2-7459-1639-4
www.editionsmilan.com

Cathryn Clinton

LA COLOMBE DE GAZA

Traduit de l'anglais (États-Unis)
par Jacqueline Odin

Milan

Ce livre est dédié à trois rescapés, qui m'ont appris ce qu'est la vie au-delà de la survie : Dan, Jena et Marshall.

Je remercie tout particulièrement Norma Fox Mazer, qui a nourri non seulement l'écriture, mais aussi l'écrivain, ainsi que Amy Ehrlich et Erin Postl, qui ont cru à cette histoire.

Note de l'auteur

J'ai commencé à écrire *La Colombe de Gaza* en 1998, et en janvier 2000 j'ai signé un contrat d'édition pour le livre. C'est un roman historique (l'histoire d'une fillette et d'une famille), dont l'action se situe dans la ville de Gaza en 1988 et 1989, lorsque celle-ci se trouvait sous occupation militaire israélienne. Ces années font partie de la première intifada.

L'intifada, qui signifie au sens littéral « soulèvement », est une révolte spontanée du peuple palestinien, sous la forme de manifestations de rue et de grèves. La première intifada a éclaté en 1987 et s'est terminée en 1993. *La Colombe de Gaza* reflète cette période ; il ne s'agit en aucun cas d'un commentaire sur les situations politiques actuelles au Moyen-Orient.

Je suis l'enfant de Palestine
J'ai ma cause et j'ai mes droits
Quand je vois mon frère aîné
Saisi par des mains hors-la-loi
Je lance le cri universel
Même si je meurs sous leurs tirs
Je garderai une pierre dans mon poing droit
Et pour toujours en moi la cause des martyrs.

Traduction d'une comptine chantée par une fillette de cinq ans à Khan Yunis, dans la bande de Gaza.

Le toit

Je m'appelle Malaak Abed Atieh, et cet oiseau s'appelle Abdo. Abdo vit ici, sur le toit. Je lui apporte des graines en cachette quand personne ne regarde. Ma sœur vit au milieu des odeurs de cuisine avec ma mère, comme les autres filles que je connais, mais pas moi. Je vis dans les yeux d'Abdo. Je vois des choses que ma sœur et mon frère ne verront jamais. Je vole très, très haut au-dessus de la ville. Je m'élance hors de la bande de Gaza. Rien ne m'arrête, ni le béton ni le grillage tranchant, ni les armes, ni les soldats. Je fixe sur eux mes yeux d'Abdo durs et noirs, et ils ne tirent pas. Je suis cachée. Je ris d'eux, mais ils ne l'entendent pas dans le bruissement de l'oiseau. Mes ailes sont robustes. Je pique et je plonge, les ailes déployées, n'empêche que je finis par revenir sur le toit et par les ramener contre moi. Un jour, je m'envolerai peut-être pour de bon, mais pour le moment, je regarde et j'attends.

Mon frère Hamid est prétentieux. Il se dispute sans arrêt avec ma sœur, avec moi, avec ma mère, avec tout le monde. Je crois que, à la naissance, il hurlait, la bouche grande ouverte, et serrait les poings. Hier, lui et Tariq, son meilleur ami, sont sortis jouer au ballon. J'ai suivi Hamid. C'est facile de le suivre, parce que ses cheveux drus pointent dans tous les sens et qu'il se pavane, comme Abdo. Ils avaient à peine descendu la moitié de la rue qu'un soldat israélien est apparu à l'angle. Ils se sont éclipsés dans un passage, puis ils sont ressortis avec des pierres dans la main. Ils ont crié en direction du soldat et ont couru vers lui. Ils ont levé les bras pour jeter les pierres.

J'ai étouffé un cri. Ils risquaient d'être arrêtés, voire frappés. Mais le soldat a brandi son arme au-dessus de sa tête, en la tenant à deux mains, et il a hurlé. Hamid a glapi, fait demi-tour et percuté Tariq. Celui-ci est tombé, il s'est tordu la cheville. Hamid a continué sa course, imperturbable. Le soldat s'est mis à rire.

J'ai aidé Tariq à marcher tant bien que mal jusque chez lui. Il regardait droit devant, sans ciller, de ses yeux de pierre. Il grimaçait de douleur, mais il ne m'a pas parlé. Je ne lui ai pas parlé. Nous sommes pareils là-dessus : nous parlons très peu, l'un comme l'autre.

Hamid se vante de figurer parmi les *shabab** ; il se croit devenu un apprenti combattant de l'intifada, lancée par les gens de Gaza il y a un peu plus d'un an.

Hier au soir, il a dit à ma sœur :

– Nous, les jeunes hommes de Gaza, en avons assez de rester plantés au bord de la route, dans l'espoir d'une journée de travail. D'attendre, d'attendre que des Israéliens arrivent, nous tâtent les muscles et nous scrutent les yeux. Nous ne sommes pas du bétail. Nous sommes des *shabab*.

Hamid secoue le poing en parlant. Je me contente de l'observer. Il a dû entendre ces phrases ailleurs.

* Les mots ou groupes de mots suivis d'un astérisque sont expliqués dans le lexique en fin de volume.

–Nous sommes des combattants. Les pierres parlent. Les soldats seront bien obligés d'écouter.

Le courageux Hamid, qui a laissé son ami seul dans la rue. Pour l'instant, le plus gros poing d'Hamid, c'est sa langue.

Ma sœur, Hend, ressemble à ma mère. De profonds yeux sombres, d'épais cheveux bien raides, un nez bien droit, des dents bien alignées. Elle est jolie.

Pas moi. Mon nez est trop gros, comme si quelqu'un l'avait aplati d'un coup de poing. C'est sûrement Hamid. J'ai deux dents de devant qui se chevauchent. Rien n'est droit chez moi. Et mes cheveux ondulés flottent autour de mon visage.

Hend pense au mariage, aux jeunes hommes barbichus. Il y a quelques mois, sur le chemin du marché, elle a dit :

–Mes noces seront les plus grandes que vous aurez jamais vues.

J'ai ri.

–Quand ça, Hend ?

–Quand l'intifada sera finie ; attendez de voir, a-t-elle répondu.

Depuis le début de l'intifada, nous n'avons eu aucune cérémonie de mariage à Gaza. Comment pourrions-nous célébrer des mariages, dit ma mère, alors que les enterrements sont si nombreux ?

– Seras-tu riche, Hend ? a demandé Hamid.

– Quand cette agitation sera finie, cette révolte, nous aurons l'argent nécessaire. Attendez de voir, a-t-elle répondu.

Hend, la fille qui attend de voir.

Hamid a ri à perdre haleine. Le souffle de Hend s'est échappé dans un sifflement :

– Pourquoi prendre la peine de vous en parler ? Que savez-vous, tous les deux ? Vous n'êtes que des enfants idiots.

Qui est idiot ? Je suis une fille, mais je ne mets pas mon espoir dans un homme. Je n'attends pas le mariage. La cuisine et les soupirs ne me satisfont pas. Je monte sur le toit. Je vis dans les yeux d'Abdo. Je vois des choses que ma sœur et mon frère ne verront jamais. Je vis dans le ciel.

– Malaak, descends.

Je fais semblant de ne pas entendre la voix de ma mère.

–Malaak, je sais que tu es là-haut.

Elle va venir sur le toit si je garde le silence. Le bruit de ses pas se rapproche.

Elle s'assoit tout près, un bras autour de mon épaule. Ses yeux se remplissent. Se remplissent d'eau salée comme la mer. La mer Morte. Je n'y plonge pas mon regard. Mais j'embrasse le sel sur ses joues. Nous sommes assises au même endroit qu'il y a un mois, lorsque nous avons regardé mon père partir.

Ce jour-là, il s'en allait chercher un travail de mécanicien en Israël, parce qu'il venait de perdre son emploi. Le propriétaire du garage avait dit qu'il ne restait plus beaucoup de voitures à réparer à Gaza, parce qu'un grand nombre de familles riches avaient émigré depuis le déclenchement de l'intifada. Mais ma mère travaille elle aussi, et les économies serviront à acheter un taxi.

Juste avant l'angle de la rue, Père s'est retourné pour m'adresser le signal. Il a levé le poing, le pouce en l'air. Ce signal signifie : « Je vais gagner. » Puis il a crié :

– Rendez-vous ici ce soir.

J'ai ri. Même un emploi en Israël ne changerait donc rien à notre jeu. Toute petite, j'avais pris l'habitude d'attendre sur le toit que mon père rentre du travail. Quand je le voyais à l'angle, je lançais le signal « Je vais gagner ». Puis je dévalais l'escalier contre le mur extérieur à l'arrière de la maison et je me précipitais dans la cuisine. Père remontait la rue au pas de course. Le premier arrivé à la porte d'entrée avait gagné. En général, c'était moi.

Ce jour-là, ma mère et moi avons regardé mon père jusqu'à ce qu'il disparaisse. Nous ne l'avons pas revu depuis.

– Comment va Abdo ? demande-t-elle.

D'autres qu'elle l'auraient déjà chassé. Mais ma mère sait qu'Abdo est exceptionnel. Elle ne le touche pas.

J'ouvre ma main, la paume vers le haut. J'y place une graine. Abdo vient se poser et la picore sans effleurer ma peau. Nous nous regardons dans les yeux. Puis il s'envole et se perche sur mon épaule.

– Il est robuste, dit ma mère.

Nous descendons manger. Elle est très silencieuse. Elle ne parle plus du restant de la soirée. Elle m'embrasse sur le front.

– Dors, mon enfant.

De la main, ma mère me presse l'avant-bras. Je m'allonge sur mon matelas et me tourne vers le mur. Le sommeil m'envahit vite.

Abdo

Un coq me réveille. Ou est-ce la voix du muezzin, qui invite, du haut de la mosquée, à la prière matinale ? Ils chantent en même temps. C'est à celui qui réveillera les gens. Aujourd'hui, le coq a gagné, je me lève donc avant Hend. Ma sœur se lève, elle, pour la prière du matin.

Lorsque je monte sur le toit nourrir Abdo, j'entends le muezzin scander. C'est vendredi, le jour où de nombreux hommes vont écouter un sermon et des prières à la mosquée.

– *Allahu akbar*. Dieu est le plus grand ! *La ilaha illa Allah*. Il n'y a d'autre divinité que Dieu. *Al-salat Khayr min al-naum*. La prière vaut mieux que le sommeil.

Je ne suis pas persuadée que la prière vaille mieux que le sommeil, mais Abdo est le seul à entendre cette pensée. En le caressant, je me rappelle la première fois que je l'ai vu. C'était le lendemain du départ de mon père.

Le jour où mon père est parti, je suis remontée sur le toit, le soir, pour le guetter. Il fallait que je sois là pour notre jeu. Je ne me souviens pas de m'être endormie, juste que le lourd gravier dans mes yeux me les fermait sans cesse. Au réveil le lendemain matin, j'étais dans ma chambre. La colère m'a submergée. Qui m'avait amenée là? Je suis retournée sur le toit pour guetter Père. J'ai attendu, mais il n'est pas venu.

Hend m'a sans arrêt crié de descendre ce jour-là, mais je n'ai pas obéi. Je ne pouvais pas quitter le toit. J'attendais Père. Il épierait mon signal.

Les derniers rayons du couchant luisaient sur l'antenne lorsque j'ai entendu les pas de ma mère. Elle avait les yeux rouges. Elle a tendu ses mains tremblantes en avant comme si elle me demandait d'approcher. Elles étaient pâles, excepté leurs veines violet sombre.

–Malaak, je suis vraiment désolée.

Elle s'est interrompue, a pris une profonde inspiration puis a expulsé l'air entre ses lèvres.

–Malaak, ton père a disparu. Il devrait être rentré maintenant.

Quoi ? Mon père avait disparu ? J'ai pensé à l'homme du bas de la rue.

Des années plus tôt, quand j'avais cinq ans, cet homme était parti travailler, mais n'était jamais revenu. Les gens disaient : « Gardez espoir » quand ils rendaient visite à sa femme. La première année, du moins. Ensuite, les gens sortaient de chez elle en silence. L'homme n'était plus rien. Ni vivant ni mort, plus rien. Les gens ont cessé de rendre visite à sa femme. Serait-ce pareil pour mon père, pour ma mère ?

–Dieu seul sait où il se trouve.

Un cri dans ma tête : « Non ! » Les hommes disparus (les pères, les frères) pouvaient être morts.

Comme mon oncle. Un jour, il n'était pas rentré de son travail à Jérusalem, et finalement, au bout d'une semaine, le cousin de mon père avait appelé pour dire qu'il croyait avoir vu mon oncle à la télévision, aux informations. Dans un reportage sur une manifestation, la caméra avait fait un gros plan sur les gens à l'arrière du cortège. Un homme avait traversé la rue en courant et posé la main sur la portière d'une voiture. Puis il s'était effondré sur le sol. Le cousin avait cru reconnaître mon oncle. C'était bien lui. Il avait reçu une balle. Voilà pourquoi il n'était jamais rentré chez lui.

Quelque chose a bougé derrière ma mère.

Un oiseau.

– Il est peut-être en prison, a dit ma mère. J'ai appris qu'hier, à la frontière israélienne, la police arrêtait des hommes pour les interroger. Peut-être que les policiers l'ont fait descendre du bus. Ils n'ont pas besoin d'une raison valable. Peut-être.

Posé au coin du toit, l'oiseau me regardait. Je voyais la bouche de ma mère continuer à remuer. Je lisais certains mots: « Peut-être blessé... hôpital... mort... à Dieu ne plaise. »

Mais je ne les entendais pas. Le dernier mot que j'avais entendu était « prison ». Ma tête l'avait saisi, et il s'était ancré. Je me trouvais dans un lieu obscur, oppressant, et mes poumons comprimés n'avaient plus d'air. J'étais incapable de laisser ma tête absorber d'autres mots. Je me suis forcée à lever les paupières, et j'ai vu l'oiseau qui ouvrait et refermait son bec. Sans interruption. Je savais que l'oiseau m'apportait un message.

Les mains de ma mère sont retombées et se sont mises à lisser sa jupe froissée.

J'ai ouvert la bouche, mais les mots m'avaient abandonnée. Peut-être que l'oiseau savait où ils se cachaient. J'ai contourné ma mère et j'ai fixé l'oiseau droit dans les yeux. Il m'a rendu mon regard. Ma mère m'a touché l'épaule, mais je n'ai pas quitté l'oiseau des yeux. De la main, ma mère m'a pressé l'avant-bras, puis elle s'est détournée pour s'engager dans l'escalier.

– Que Dieu te protège cette nuit.

Ce soir-là, je me suis endormie sur le toit. L'oiseau m'observait.

Le lendemain matin, je me suis réveillée avant tout le monde. Je suis descendue chercher des graines. Je les ai alignées de mon coin de toit jusqu'au coin où était l'oiseau. Quand j'ai eu fini, j'ai entendu « Abdo » dans ma tête. J'ai regardé l'oiseau. Il m'avait dit son nom. C'était son message. Pour moi seule.

J'ai attendu là-haut toute la journée. Avant le coucher du soleil, Abdo s'était approché de quelques graines, mais mon père n'était toujours pas rentré. La lune s'est levée, et je l'ai contemplée jusqu'au moment où j'ai entendu le bruit des pas de ma mère. J'ai fait semblant de dormir. Elle m'a enveloppée dans une couverture et a dit :

– Dors, mon enfant.

Elle m'a laissée là. Après son départ, je me suis assise.

Abdo s'est encore rapproché de quelques graines. « Viens, Abdo, ai-je chuchoté dans ma tête. Je suis patiente. Je n'ai rien d'autre à faire qu'attendre. »

Abdo s'est posé dans ma main, il a ébouriffé ses plumes blanches et gratté ma paume ici et là. Il me faisait mal, mais je ne m'en souciais pas. Ensemble, nous avons guetté le retour de mon père. Je me demandais si l'oiseau pouvait retrouver mes mots, mais il n'a rien révélé, même s'il savait où ils étaient.

Nous avons regardé au loin les maisons et les immeubles, tellement serrés qu'on ne distingue presque rien entre eux. Les antennes de télévision s'entrecroisent avec les fils électriques. Il y a des arbres éparpillés entre les murs de galets et de béton.

Pendant deux semaines, j'ai passé le plus clair de mon temps sur le toit avec Abdo. Je n'avais pas école. L'administration civile israélienne l'avait fermée.

Puis ma mère m'a demandé de redescendre dans la maison avec eux.

– Nous attendrons ensemble, a-t-elle dit d'une voix sourde, triste.

Malgré tout, dès que je le peux, je monte rejoindre Abdo.

Les morceaux

J'entends les gens et je les comprends, mais le reste n'a pas beaucoup de sens.

Mes sentiments, par exemple. Hier, alors que je buvais un verre d'eau, un morceau de tristesse est apparu. Pendant le repas, j'ai écouté Hamid raconter une histoire, et un morceau de rire stupide s'est fixé près d'une douleur aiguë dans mes côtes. Ensuite, dans l'après-midi, un morceau de soleil m'a mise en colère, alors j'ai touché ma joue et commencé à fredonner. Quel désordre.

Après ce premier jour où j'ai perdu mes mots, je n'ai plus tellement essayé de parler. Quand je réessayais, seuls des fragments de mots, parfois juste des lettres ou des sons, sortaient.

Maintenant, je sens, je vois, j'entends les mots dans ma tête, mais j'ai l'impression d'une première page de journal en lambeaux. Personne ne peut me lire. Il y a trop de morceaux déchiquetés qui ne concordent pas.

Le meilleur moment pour moi, c'est la nuit, parce que je rêve en images, des images entières, délicieuses. Une nuit, j'ai fait un rêve exceptionnel. J'ai vu mon père. Il montait vers la lune en sautant d'étoile en étoile. Juste avant de l'atteindre, il s'est retourné et m'a lancé le signal. Je lui ai renvoyé le signal, puis je me suis précipitée en sens inverse, j'ai longé la lune jusqu'au moment où je l'ai rejoint et serré dans mes bras.

Il y a cinq semaines que je parle très peu. En tout cas, c'est ce qu'a dit Hend plus tôt dans la journée. Moi, je ne sais pas précisément, juste que ça paraît une éternité. Les mots reviennent petit à petit, mais je n'ai pas grand-chose à dire.

Je sens un grattement dans ma main, je baisse les yeux et j'aperçois Abdo. Je ne suis plus sur la lune dans mes souvenirs. Je suis sur le toit, et j'entends le grondement des avions de chasse israéliens au-dessus de nos têtes. Je ne sais pas pourquoi ils volent. Pour s'entraîner ? Pour patrouiller ? J'attrape Abdo et je le serre au creux de mon bras. Nous restons sur la couverture près de l'antenne bien longtemps après le retour du silence. Je brandis mon poing en direction de la traînée que laissent les avions.

Dans ma tête, je dis à Abdo : « Ils ne m'auront pas. Non, j'ai des choses importantes à faire. Aujourd'hui, je vais voir mon père. » Je plonge mon regard dans les yeux d'Abdo.

Je m'élance au-dessus de la ville de Gaza,
partout, partout le ciel bleu.
Le ciel qui n'a ni clôtures, ni camps.
Je vois la prison.
Je me pose sur le toit, puis je découvre
la minuscule fenêtre de mon père. Si minuscule.
Comment quelqu'un peut-il vivre
avec si peu de ciel ?
Je lui apporte un morceau de bleu.
Maintenant, il peut vivre une journée de plus.
Je reviendrai demain,
lui dis-je.

Les barricades

C'est le soir. Du haut du toit, je vois les dernières traînées corail s'éteindre dans le ciel. L'appel à la prière a résonné il y a un quart d'heure. Abdo finit les graines dans ma main. Il déploie une aile, picore dessous, puis il s'envole au bord du toit. Comme il tourne la tête pour me regarder, je perçois des cris indistincts en bas, dans la rue.

Puis j'entends Hamid hurler :

– Malaak, Malaak !

Il monte sur le toit dans un martèlement de pieds. Quand je vois son visage, je comprends qu'il respire vite parce qu'il est excité, non parce qu'il a peur ou qu'il s'est dépêché.

– Les hommes de notre rue, même les très vieux, sont en train de dresser une barricade. Je vais les aider, mais ne le dis ni à Mère ni à Hend.

Et si jamais il m'arrive quelque chose, donne mon ballon à Tariq. Et mon cahier de poèmes t'appartiendra, mais toi seule auras le droit de les lire. Je sais que je peux te faire confiance.

Il me presse les épaules, puis dévale l'escalier du toit avant que je puisse réagir. Notre maison est très proche de la maison voisine, mais quand on est fluet, comme Hamid et moi, on peut courir entre les murs pour aller du passage du fond à la rue.

Mon frère pense-t-il qu'il sera blessé aujourd'hui ? Sinon, pourquoi me laisse-t-il ses consignes ? Depuis le début de l'intifada, les gens dressent des barricades dans les rues, pour barrer la route aux camions blindés des troupes israéliennes. Quelqu'un a dû apprendre que les soldats arrivaient. Mon estomac fait un bond. J'ai mal. Je ne veux pas qu'Hamid soit blessé. Si Père était là, il sortirait. Il le protégerait du danger. Je crie à mon frère :

– Reviens !

Mais il court au bout de la rue. Il ne m'entend sûrement pas, car les hommes crient entre eux et apportent des objets. Un vieux réfrigérateur cassé, une chaise qui n'a que trois pieds. Hamid regarde, immobile, les hommes essayer de traîner les vieux tuyaux d'égout qui sont là depuis des années. Puis il les rejoint et pousse les tuyaux. Bientôt, une grande barricade bloque l'angle de notre rue.

– Hamid, Hamid, où es-tu ? appelle Hend au rez-de-chaussée.

Quelques instants après, la voix de Mère me parvient :

– Hamid, Hamid !

Elles devaient être dans le salon quand il a dévalé les marches. J'entends le martèlement de leurs pieds dans l'escalier. Hend accourt sur le toit, suivie de Mère. Elles regardent toutes les deux vers la barricade au réfrigérateur. J'ai les mains devant les yeux, mais je jette un coup d'œil entre mes doigts. Malgré la nuit tombante, je distingue un garçon qui pousse un pneu sur la chaussée. Un autre le bourre de journaux et y met le feu. Quand les flammes resplendissent, je vois que ce sont Tariq et Hamid. Mère aussi a vu Hamid.

– Le voilà. Nous devons le ramener à l'intérieur. Il pourrait y avoir une fusillade !

Elle et Hend dévalent l'escalier. L'obscurité a une forme. Elle a des bras et elle me comprime. Je ne peux pas bouger.

Des soldats apparaissent près de la barricade au réfrigérateur, et j'entends des cris. Un vieil homme hurle :

– Vous ne pénétrerez pas dans notre rue avec vos Jeep et vos camions blindés. Partez ! Nous ne voulons pas de vous ici !

Je chuchote :

– Oh, aide-moi, Abdo. Il y a tellement de choses que je ne comprends pas. J'ai peur.

Je suis incapable de détacher mes yeux de la rue.

– Tu écoutes avec attention, Abdo, mais tu ne m'as jamais rien dit à part ton nom. J'aimerais que tu m'en dises plus.

Abdo ouvre son bec et le referme, mais il n'en sort aucun son.

Les soldats mettent leurs masques à gaz. C'est le signe qu'ils ont des gaz lacrymogènes. L'un d'eux lève son arme avec la bombe lacrymogène dessus. J'entends le bruit sourd et sec de la bombe au moment où elle jaillit. Je la regarde décrire une courbe dans le ciel, briser la fenêtre d'une maison. Un brouillard blanc se dégage. J'entends un bébé hurler. Je quitte la fenêtre des yeux pour regarder Mère et Hend. Mère empoigne Hamid. Hend hurle en direction de Tariq.

« Oh Père, reviens. Oh, Père, ne vois-tu pas Hamid ? »

Je me tourne et plonge mon regard dans les yeux d'Abdo.

Je fends le nuage de fumée, je fuse dans l'air.
Je décris des cercles autour des palmiers,
dont les feuilles ouvertes se pressent vers le ciel.
Elles me crient de venir me poser sur elles,
mais je ne veux pas.
Je me laisse porter par les courants,
je monte, je descends, puis monte plus haut
encore.
Enfin je suis libérée du feu,
de la fumée, du bruit du combat.
Libre d'être avec Père.

Le marché

–Malaak, descends du toit maintenant. Que peux-tu bien y faire ? Il n'y a rien là-haut à part les oiseaux. Viens. Il est l'heure d'aller au marché.

C'est le lendemain de la barricade, et je me dépêche de descendre rejoindre Hend. Hamid vient avec nous. Il dit qu'il doit nous accompagner pour nous protéger, mais il n'a que douze ans, un an de plus que moi, et il me dépasse à peine.

La fumée des pneus enflammés m'accable dès que je franchis le seuil de notre maison. La barricade est toujours en place, mais je suis sûre que les soldats ne vont pas tarder à revenir et à exiger sa destruction.

–Les Israéliens ont proclamé le couvre-feu. Il y a eu beaucoup de manifestations et de barricades hier au soir. Pas seulement ici. J'en ai entendu parler ce matin à la radio, dit Hamid.

Il nous montre comment nous faufiler sous le réfrigérateur renversé sur un tuyau d'égout. Lorsque nous tournons à l'angle de la rue, je lève les yeux pour vérifier que le dôme de la mosquée est resté blanc. Il domine nettement le nuage. Le temps que j'atteigne l'école, je me sens imprégnée par la fumée, comme un morceau d'agneau à la broche. L'odeur s'accroche à mes vêtements, à ma peau.

La rue du marché déborde de gens. Elle craque aux coutures, comme le sac rempli de farine que j'ai rapporté à la maison il y a quelque temps. J'aperçois un homme tordu assis à l'angle. Il est nouveau ici. L'homme tordu a une chèvre.

Mon père aussi avait une chèvre. Je me rappelle ce qu'il me racontait :

– Ah, Malaak, quand j'étais enfant, nous vivions à la campagne, dans un petit village. Des juifs, des chrétiens, et nous les musulmans. Nous vivions au même endroit, sans nous battre. Peux-tu y croire, Malaak ?

Son regard s'éloignait de moi. Je prenais son visage entre mes mains et l'orientais dans ma direction. Je plongeais les yeux dans cet endroit lointain.

–Raconte-moi ce qui s'est passé, lui demandais-je.

J'avais déjà entendu cette histoire, souvent à vrai dire, mais je savais qu'il voulait que je la réclame.

–Mon père, que son souvenir soit béni, était *mukhtar*, chef de notre village. Il possédait beaucoup de terres et même une voiture. Quand il a appris que le Lehi, une unité juive, avait attaqué Deir Yassin et massacré de nombreux Arabes (des hommes, des femmes et des enfants), il a recommandé aux villageois de fuir. La plupart d'entre eux sont venus à Gaza. Mon père ne savait pas que, une fois la guerre terminée, les Israéliens nous empêcheraient de rentrer chez nous. Aujourd'hui, notre village n'existe plus. Les Israéliens l'ont détruit au bulldozer et ont construit une colonie juive à la place.

Il secouait la tête comme s'il essayait d'en chasser les mauvaises pensées.

–Bien que la guerre se soit achevée en 1949, mon père a réfléchi à sa décision de *mukhtar* et s'est demandé s'il avait fait le bon choix. Il est resté triste toute sa vie.

– Père, parle-moi de la chèvre.

– Ah, la chèvre. Je n'avais que cinq ans lorsque nous sommes partis. Il a fallu que je laisse ma chèvre apprivoisée, Fleur d'Oranger. Bien sûr, elle n'avait pas un parfum de fleur, mais je me disais que si je lui donnais ce nom, elle s'en montrerait peut-être digne. Aimerais-tu une chèvre apprivoisée, Malaak ?

Je répondais oui et j'inclinais la tête sur la poitrine de mon père.

– Un jour, nous vivrons à la campagne, et je te trouverai une chèvre.

Maintenant, je plonge mon regard dans les yeux de l'homme tordu, au marché. Il n'est pas très différent de moi. Je pince sa chèvre, qui bêle. Nous rions ensemble, l'homme tordu et moi.

Hend continue son chemin. Elle marchande avec une femme. Pour des concombres. Puis elle va acheter de la farine.

Hamid traverse la rue pour parler à Tariq et crie :

– Fille oiseau, fille oiseau, deviens-tu fille chèvre ?

Il rit, taquin, mais je brandis quand même le poing vers lui. Tariq boite, il a la tête dans les épaules. Son corps fluet paraît plus petit. Le chien blessé revient vers son maître. Pauvre Tariq.

Hend se retourne et me voit avec l'homme tordu.

–Tiens, porte la farine, Malaak. Arrête de jouer avec les animaux. Tu as onze ans, ce n'est plus de ton âge.

Elle passe devant la station de taxis. Parce qu'elle a seize ans et qu'elle va au lycée, elle s'imagine qu'elle est adulte.

Mais récemment, les Israéliens ont fermé beaucoup de lycées. Hend travaille plus qu'elle ne va à l'école, de toute façon. Elle et Mère font le ménage chez des gens riches à Rimal.

Les armes

Sur les talons de Hend, je fronce le nez lorsqu'une nouvelle odeur m'assaille. Pouah ! Une puanteur d'âne et de sueur. Une vieille femme au visage inondé de soleil tire un âne, qui refuse de bouger. Je le contourne en courant, mais il lance une ruade. Je perds l'équilibre et percute quelqu'un. J'entends un grognement, puis cette question :

– Qu'est-ce que tu fais ?

Affalée par terre, je vois les bottes noires et le pantalon kaki d'un soldat. Je lève les yeux jusqu'au fusil M-16 qui pend contre sa cuisse. Mon regard se fige sur l'arme.

– Tiens, dit le soldat, mais avant qu'il puisse continuer, je bondis sur mes pieds et me mets à courir.

Le soldat crie, alors que je dévie pour me cacher dans un passage. Mon souffle est haché. Il me déchire. Ma main écorchée saigne. Je m'appuie contre un mur et me laisse glisser sur le sol. Le mur m'érafle le dos. Je revois des M-16 braqués sur quelqu'un d'autre. Je ferme les yeux, mais l'image est en moi pour toujours. Je me bouche les oreilles, mais je ne peux pas oublier le bruit.

C'était au retour du marché avec mon père, une semaine avant son départ. À un coin de rue, nous avons aperçu de jeunes hommes qui avaient la tête et le visage enveloppés dans des *keffiehs* à carreaux rouges et blancs. Ce sont eux, les vrais combattants de l'intifada.

Mon père m'a tiré le bras.

–Viens, Malaak. Dépêche-toi.

Mais j'ai regardé par-dessus mon épaule pour voir les hommes écrire. Leurs mains allaient et venaient sur le mur blanc. Un gigantesque poing rouge a grandi sous leurs mains, puis les mots : « Palestine libre. » Écrire des slogans pro-palestiniens est illégal.

Une Jeep a vrombi. Un *shabab* a hurlé un avertissement.

–Nous n'atteindrons pas le bout de la rue à temps, a dit mon père. Baisse-toi.

Mon père s'est planté devant moi. J'ai jeté un coup d'œil derrière ses jambes et j'ai vu des soldats israéliens sauter d'une Jeep, leurs M-16 braqués sur les hommes.

–Arrêtez! ont hurlé les soldats.

Les jambes de mon père m'ont plaquée contre le mur. La paroi m'a éraflé le dos.

–Ferme les yeux.

La voix de mon père était dure. J'ai fermé les yeux, mais j'ai entendu la détonation. La Jeep a démarré, et mon père m'a soulevée. Il m'a portée comme un tout petit bébé. J'étais enfouie dans ses bras. Je me balançais au rythme de ses pas. J'étais protégée.

–Je suis sûr que c'étaient des balles en caoutchouc, a-t-il dit.

Il ne cessait de le répéter.

Puis la voix de Hend surgit dans ma tête, me ramène dans le passage. Père n'est pas là pour me prendre et me ramener à la maison.

–Malaak, que fais-tu? Je t'ai cherchée.

Elle s'agenouille, lâche ses concombres.

–Le soldat te cherchait. Il avait peur que tu sois blessée. Il ne te voulait aucun mal.

Elle étouffe un cri en m'examinant la main.

–Est-ce que ça pique ?

Elle enlève les éclats de pierre qui s'y sont enfoncés.

–Je t'en prie, arrête de te balancer, Malaak. Je t'en prie, parle-moi. Tu me déroutes quand tu fais ça.

Elle me lisse les cheveux. Elle m'attire dans ses bras et elle se balance aussi. Ses soupirs flottent autour de moi. Au bout d'un temps, nous ramassons les concombres et rentrons à la maison.

Je vais sur le toit. J'ouvre ma paume à Abdo. Il n'y a pas de graines, mais il vient quand même. Après un long moment, j'entends ma mère qui m'appelle.

–Malaak, j'ai complètement oublié le linge. Vite, sors le décrocher.

Je dévale l'escalier du toit jusqu'au passage. Il est étroit, brun boueux et béton terne, mis à part de petits drapeaux colorés. Ils flottent sur la corde à l'arrière de notre maison. Je décroche chaque drapeau : une chemise violette, un foulard blanc, la chemise bleue d'Hamid et la jupe grise de Mère. Je les plie avec soin. Abdo arrive et se pose sur mon épaule.

Je vole, je vole
jusqu'à ce que les cordes à linge apparaissent.
Des rangées de chemises, des chemises
d'hommes, suspendues.
Leurs manches tendues
sont longues, enchevêtrées.
Elles essaient de me ligoter à la terre,
mais je les déchire avec mon bec.
Je vole loin,
loin au-dessus des morceaux.

L'école

Les mouvements de ma sœur me réveillent. Elle se lève à l'appel du muezzin. Elle va dans la cuisine pour sa toilette rituelle avant la prière. J'entends à peine les paroles de Mère et de Hend, mais c'est peut-être seulement parce que je sais ce qu'elles disent :

– Dieu, Ton Nom est glorifié, béni et loué, Ta Majesté rayonne, il n'y a d'autre divinité digne d'adoration que Toi…

Leurs voix s'estompent.

Nous habitons dans la maison de mes grands-parents. Mes parents y ont emménagé après leur mariage. Notre maison est petite et pas très large. Voilà pourquoi j'entends autant de choses, et pourquoi je passe beaucoup d'heures sur le toit. Avant, Hend et moi partagions une chambre.

Mais à présent, ma mère pleure la nuit. Hend va la rejoindre quand elle pleure. Très souvent, Hend dort avec elle.

La voix de ma sœur monte vers l'étage, bien plus forte maintenant :

–Comment peux-tu l'envoyer à l'école ? Il y a six semaines qu'elle ne dit presque rien. Elle se contente de nous suivre comme une petite agnelle suit le berger.

–Je sais, mais peut-être que l'école l'aidera. Peut-être qu'elle lui fera un peu oublier votre père. Hier, j'ai parlé à l'institutrice et je lui ai expliqué pour Malaak. Elle a compris. Nous devons essayer.

Puis Mère me crie :

–Viens, Malaak. Tu as trop dormi. Il faut te dépêcher à présent. C'est l'heure de la classe. Les autorités israéliennes ont rouvert les écoles, et nous ne savons pas pour combien de temps.

Je ne suis pas retournée à l'école depuis le départ de mon père. Les autorités avaient fermé tous les établissements le lendemain de cette journée, et les ont maintenus fermés longtemps.

–Malaak, il faut que tu saches lire avec aisance, dit ma mère. Tu iras à l'université, comme ma sœur.

Ma mère est fière de sa sœur. Elle est infirmière. Elle et son mari se sont installés en Égypte, où il a trouvé un bon travail bien payé ; nous ne les voyons donc plus.

Hend a du respect pour notre tante, qui a rencontré son mari à l'université et l'a épousé « par amour », comme le dit ma sœur de cette voix sirupeuse qu'elle prend quand elle parle de mariage. Les familles, pas l'amour, arrangent beaucoup de mariages, mais la famille de ma mère est moins traditionnelle.

Ma mère m'apporte mon uniforme. Je mets la robe rayée bleue et blanche. Son col blanc est immaculé.

En route pour l'école, Hamid marche à côté de moi. Nous regardons tous les deux une affiche de Yasser Arafat, le dirigeant de l'OLP. C'est illégal d'afficher son portrait.

Puis Hamid montre le blanc de chaux sur le vieux mur piqueté d'une maison, quelques portes plus loin.

–Hier, c'était écrit « Longue vie à l'intifada », dit-il.

Souvent, les soldats israéliens interpellent un passant dans la rue et l'obligent à recouvrir les graffitis. Même si ce n'est pas lui qui les a peints.

Alors que nous avançons, je remarque que le blanc de chaux a des nuances variées. De combien de façons puis-je décrire ce blanc ? Crayeux sur les blocs de béton, crème sur les vieilles pierres blanches, laiteux sur la maçonnerie craquelée.

Il fait chaud à Gaza. L'air miroite au-dessus de la route, et la vieille pierre blanche des constructions renforce la sensation d'éclat, de chaleur. Le soleil, pas de nuages, pas de pluie.

Je me souviens du jour où la pluie rebondissait sur notre toit, et où je n'en voulais pas. J'ai supplié Père de l'arrêter. Je me suis bouché les oreilles et j'ai dit :

–Père, je veux aller jouer dehors. Arrête la pluie. Ferme le robinet.

–Ah, Malaak, ne sais-tu pas que, quand il pleut à Gaza, c'est le signe que Dieu sourit ? Il sait combien nous avons besoin de la pluie. Viens.

Il m'a pris la main et m'a entraînée dehors.

– Regarde le ciel et tu sentiras le sourire de Dieu.

Il a tourné son visage vers le ciel et a laissé les gouttes le frapper. J'ai fait pareil. Nous avons ouvert la bouche et avalé la pluie.

Mais à présent, je suis dans un passage à l'arrière des maisons. Les odeurs d'égout sont épouvantables aujourd'hui. Hamid court à côté de moi pendant que je me pince le nez en essayant d'atteindre le bout du passage. Et nous revoici dans une grande rue. J'ai peur de marcher dans les grandes rues, à cause des soldats. Ils n'ont jamais été loin, mais la plupart du temps, ils restaient près de leurs casernes. Je ne les remarquais pas tellement. Depuis l'intifada, il y a beaucoup plus d'unités ici, qui tirent des coups de feu et frappent les gens.

Soit les égouts, soit les soldats. Allons ! Hamid me dépose à mon école et court jusqu'à la sienne.

Dans la classe, je m'assois à l'endroit que désigne l'institutrice. Comme nous ne sommes pas venues pendant très longtemps, nous avons l'impression de nous retrouver au début de l'année. Ma voisine est une fille grande et grosse, plus âgée, qui s'appelle Suhara. Je baisse les yeux vers mon pupitre et sors une feuille de papier. Elle est si propre, il faut que j'écrive dessus. J'écris mon nom des dizaines de fois. J'essaie de commencer par une fioriture et de terminer par une volute. Mon nom doit être joli. Malaak veut dire ange. Mon père m'appelait son ange.

Je suis douée en dessin, et Hamid est doué pour écrire des poèmes. Mais il n'en écrit plus. Il dit qu'il a d'autres occupations maintenant. Il avait l'habitude de me montrer ses poèmes, et parfois je les illustrais. Je me souviens du premier vers de l'un d'eux: «*Petit oiseau, petit oiseau, pourquoi ne voles-tu pas là-haut?*»

Je dessine des oiseaux sur ma feuille. Je couvre la feuille d'oiseaux. Soudain, j'entends des rires. Quand je lève les yeux, je me rends compte que tout le monde m'observe. L'institutrice s'approche de moi. Ma figure me pique. Je suis sûre que j'ai les joues rouges.

–Malaak, Malaak, où es-tu? Je t'ai appelée. Pourquoi n'es-tu pas venue à mon bureau?

Suhara scrute ma feuille. Elle dit:

–Elle n'entend pas parce qu'elle est dans le ciel avec les oiseaux.

Elle empoigne ma feuille et la lève. Tout le monde rit.

–Ça suffit, Suhara.

L'institutrice prend la feuille à Suhara et la replace sur mon pupitre. Je regarde fixement Suhara. Je la déteste.

La classe se termine enfin. Et Hamid apparaît en face de l'école. Il serre une corde nouée au cou d'une petite chèvre marron et blanche.

–Tiens. Je me suis dit que tu voudrais peut-être une petite chèvre à toi.

Je ris et caresse la chèvre.

–En fait, je l'ai juste empruntée à son propriétaire, dit Hamid.

Il indique un homme devant nous. Celui-ci porte une djellaba* marron et conduit un troupeau. Il s'arrête au coin de la rue et attend que nous lui ramenions sa chèvre.

–Merci, dit Hamid.

L'homme a des cheveux rêches, et sa longue robe marron semble vieille. Elle a un gros trou près du bas. Son visage est creusé de rides profondes, qui deviennent encore plus profondes lorsqu'il nous sourit.

–Tu es sûr que tu ne veux pas être chevrier? demande-t-il.

–J'en suis sûr, répond Hamid, mais vous pourriez lui proposer à elle.

Il pointe le doigt vers moi en riant.

–Non merci, dis-je.

Revenue à la maison, je monte quatre à quatre sur le toit. Je prends Abdo contre mon uniforme. Abdo frotte son bec le long de ma clavicule. Je me représente Suhara au pupitre voisin dans la salle de classe, avec ses joues bouffies, ses yeux aux cernes épais. Je chuchote à Abdo:

–Oui, je suis en haut ici avec toi, et cette Suhara stupide, assise à un pupitre, scrute les feuilles des autres parce qu'elle n'a rien dans la cervelle qu'elle puisse mettre sur sa feuille.

Le soleil étincelle sur le dôme blanc de la mosquée et clignote au sommet du minaret. Même les arbres sont éclaboussés de lumière. Gaza est toute dorée pendant un moment. Je me demande si elle ressemble un tout petit peu au paradis, où habite Dieu.

–Je vois des choses que Suhara ne voit pas. J'irai dans des endroits où elle n'ira jamais, dis-je à Abdo.

Le Djihad islamique

Le lendemain, je rentre de l'école avec Hamid. Il s'arrête pour discuter avec un marchand. L'homme a une large barbe noire qui ne réussit pas à cacher ses grosses dents jaunes. Il vend des tomates, des citrons et des cigarettes. Dans la rue d'après, Hamid s'arrête pour regarder deux vieux joueurs de cartes sous une voûte en pierre. Il leur parle. Et ainsi de suite jusqu'à la maison. Tout le monde le connaît. Il vit là, dehors, il papillonne de l'un à l'autre. Tandis que moi, je vis surtout à l'intérieur, d'où j'observe. J'entre dans la maison, mais Hamid s'éclipse. Hend regarde un feuilleton égyptien. Mère revient du travail à l'heure habituelle, avant notre repas du soir.

–Je me demande où est votre frère, dit Mère pendant que nous dînons.

–Il court sûrement ici et là, pour accomplir son importante mission de *shabab*, déclare Hend.

Vu le ton qu'elle adopte, je comprends qu'elle se moque d'Hamid.

–J'ai peur, dit Mère. La tension augmente ces jours-ci. Je la sens même dans mon sommeil, et je me réveille parfois avec des maux de tête.

Mon cou est raide. Je masse les os à l'intérieur. Est-ce de la tension ? La tension semble être un mot approprié pour décrire la chose qui a pénétré dans ma chambre et m'a réveillée la nuit dernière, en me tournant la tête d'un côté à l'autre. Je sentais ses mains sur mon cou.

La porte s'ouvre à la volée, Hamid s'engouffre dans la pièce. Sa respiration hachée soulève la poussière collée à ses cheveux, à sa figure, à ses vêtements. Nous arrêtons toutes les trois de manger et le dévisageons.

–J'étais avec Nasser. Il m'a raconté des histoires. Des histoires du Djihad islamique. Comment six membres du Djihad se sont évadés de la prison centrale de Gaza, de l'abattoir.

Je regarde ma mère. Elle n'aime pas entendre parler des groupes extrémistes comme le Djihad islamique.

–Oui, oui. Cette évasion s'est produite il y a plus d'un an et demi, dit Hend, et nous savons toutes que tu admires Nasser le courageux et que tu bois la moindre de ses paroles. Mais je me félicite qu'il s'en tienne à raconter des histoires.

Hamid l'ignore et continue :

–Je suppose qu'à votre avis, l'OLP vaut mieux, mais elle n'est qu'un assemblage de groupes qui ne s'entendent pas sur grand-chose. Arafat s'est juste imposé au sommet. Les membres de l'OLP s'effondrent si facilement dès qu'ils sont emprisonnés. Saviez-vous que Siftawi, du Djihad islamique, n'a jamais craqué pendant les interrogatoires ?

Mère prend une bouchée de concombre. Elle la mâche avec lenteur, avec une telle lenteur que je me demande si elle ne l'a pas oubliée.

–J'aime bien Nasser, et je sais qu'il est ton ami. Je connais sa mère depuis des années, mais ce sont des discours de jeunes écervelés persuadés qu'il s'agit d'histoires de courage. Le courage ne se manifeste pas dans un seul acte. Il se mesure aux choix et aux actions qui remplissent la vie de tous les jours.

Elle parle de mon père. Je le sais. Et je sais que je n'oublierai jamais ces mots : « Le courage ne se manifeste pas dans un seul acte. Il se mesure aux choix et aux actions qui remplissent la vie de tous les jours. » Je vois la main de Père levée. Le signal du pouce en l'air. Ma main droite est posée sur mes genoux. Mes doigts se replient, forment le signal. Je hausse mon poing en direction d'Hamid. « Souviens-toi de Père », dit ma main, mais Hamid ne la voit pas.

« Souviens-toi de Père. » Je ferme les yeux et nous sommes à la mer. Je regarde le filet d'eau et de sable qui coule entre ses grandes mains rugueuses tandis qu'il ratisse la mer et me la donne. Quand je me tourne et essaie de la donner à Hamid, elle a disparu. Ma main est trop petite pour contenir la mer. J'écarquille les yeux, je m'efforce de ne pas battre des paupières. Mais mes yeux sont des océans, et chaque battement de paupières est une vague qui déverse de l'eau salée sur mes joues.

À travers mes larmes, je vois les yeux d'Hamid qui sondent ceux de Mère. Qu'expriment-ils ? Lui et elle semblent seuls dans la pièce.

Mère déclare :

– Le Coran prescrit de ne pas ôter la vie, que Dieu a faite sacrée, excepté pour une juste cause. Ton père disait que les musulmans se battent pour une juste cause quand ils ne sont pas libres de pratiquer l'islam, et quand ils sont persécutés ou oppressés par la guerre.

– Mais Maman, c'est une guerre que mène le Djihad islamique, dit Hamid.

– Non ! Les membres du Djihad sont des fanatiques téméraires.

– Ce n'est pas vrai. Ils ont simplement tourné le dos au patriotisme creux de l'OLP, qui ne nous a rien donné. Rien. Le Djihad islamique est avide d'agir, au lieu d'attendre que quelqu'un d'autre prenne des mesures.

Mère semble essayer de s'éclaircir la voix.

– Le patriotisme creux de l'OLP ? dit Hend. Tu as l'air de citer le Djihad. Es-tu allé dans une mosquée où parle un imam extrémiste ? Fais-tu circuler leurs tracts, Hamid ?

Hamid lève la main vers Hend, comme s'il en avait assez qu'elle l'interrompe, et j'aperçois une flamme dans ses yeux. Je ferme les miens de toutes mes forces. Je ne veux pas voir ça.

– Non, je ne distribue pas leurs tracts, affirme-t-il.

– J'espère que non, dit Hend. Siftawi a été reconnu coupable de l'assassinat de deux Israéliens et d'un Arabe israélien.

Mère repousse son siège et se redresse.

– Ils attisent la haine. Je ne veux plus de discussion à ce sujet.

Elle se tait un instant.

– Ce sont des terroristes.

Hamid bondit.

– Le terrorisme est peut-être la seule arme des gens qui n'ont pas d'armée.

Je revois les yeux de mon père alors qu'il venait de lire un article sur un massacre terroriste en Irlande. J'avais six ans. Ses paroles résonnent dans ma tête, très distinctes : « Le terrorisme ressemble à un chien féroce. Il n'engendre que la violence. »

Mère se tourne et me regarde, puis elle revient à mon frère. Sa voix se fait dure.

– Plus de discussion, Hamid.

Elle étend sa main droite, la paume vers le sol. Elle la monte et la baisse lentement. Sa main dit : « Tais-toi. » Je crois qu'elle est trop en colère pour parler.

Hamid répond par gestes. Il déplie sa main droite, la paume vers le sol, puis il la crispe en l'air avec brusquerie. « Quoi ? Quoi ? »

Il incline le menton. Puis il se tourne et me regarde. Ses yeux brûlent. Cette brûlure m'effraie. J'ai peur qu'elle descende tout droit jusqu'à son âme. Il articule en silence les mots : « Djihad, maintenant. » Il a toujours partagé ses secrets avec moi. Je les ai toujours protégés du danger. Mais ce secret paraît dangereux. Quel effet aura-t-il sur Hamid ?

Je ne crois pas que mon frère se contentera de rester l'un des *shabab*. « Djihad. » Je sens un frisson me parcourir. Je quitte la table et sors de la pièce. J'entends Mère dire : « Laissez-la partir », tandis que je monte sur le toit. Puis elle ajoute :

– Et toi, Hamid. Reste où tu es. J'ai encore à te parler.

Rula

Le lendemain matin, Mère me secoue pour me réveiller. Hend n'est pas dans notre chambre. Soit elle est déjà levée, soit elle a encore dormi dans la chambre de Mère.

– Tu as école.

Sur le chemin, je remarque que le portrait d'Arafat affiché avant-hier a disparu. Hamid se tait. En classe, j'ignore Suhara. Elle ne mérite même pas un regard. Je me tourne vers mon autre voisine. Je ne la reconnais pas : elle doit être nouvelle. Je me demande comment elle s'appelle. Elle porte un *hidjab**. Il est de travers sur sa tête. Il glisse jusqu'à ses épaules pendant qu'elle écrit. Je vois ses pommettes larges, ses lèvres rouges, rouges, et son minuscule menton pointu. Elle donne l'impression d'être toujours gaie.

–Bien, les filles, c'est l'heure de la lecture, dit l'institutrice. Ouvrez vos livres au deuxième chapitre. Rula, je voudrais que tu lises à haute voix. Commence au début de la page dix.

La nouvelle élève assise près de moi se met à lire. Elle lit un mot à la fois. Elle lit lentement. Vers le bas de la page, elle bute sur un grand mot, « obligation ». Je le lui souffle, elle le répète et termine la page. Ses yeux marron croisent les miens. « Merci », disent-ils.

Une intuition frémit en moi. C'est un signe, un heureux présage. Rula et moi allons être amies. J'en suis persuadée. Je lui rends son sourire.

Dans l'après-midi, pendant la géographie, l'institutrice demande le nom du pays le plus peuplé de la Terre. Je surprends tout le monde quand je lève le doigt. Je réponds :

–La Chine.

« Tu es maligne », me dis-je dans ma tête.

Je regarde du côté de Rula. Je l'observe jusqu'à ce qu'elle s'en aperçoive, puis je hausse mes sourcils, remonte un tout petit peu les coins de ma bouche et demande, des yeux : « Pouvons-nous être amies ? » Je suis sûre qu'elle comprend mon regard. Je me détourne.

Après l'école, Hamid vient me chercher à l'entrée. Il me tend un hibiscus rose gigantesque. La fleur doit venir d'un jardin. Rula sort, et je dis à Hamid qu'elle est mon amie.

– Attendez une minute, dit-il.

Il se précipite hors de la cour. Nous attendons un moment.

Rula demande :

– Est-ce qu'il fait toujours des choses comme ça ?

Je hoche simplement la tête et souris, alors qu'Hamid revient dans la cour, la main derrière le dos.

– Que la paix vous accompagne, nous dit-il avec un petit salut. Et celui-ci est pour toi, ajoute-t-il en offrant un gros hibiscus rouge à Rula.

Elle glousse et baisse les yeux.

Rula et moi remontons ensemble la rue sablonneuse. Hamid marche en face et, en jetant un coup d'œil, je remarque un poteau télégraphique dont les gros câbles pendent. Une paire de vieilles chaussures et un drapeau palestinien sont accrochés aux fils. Descendre ce drapeau sera une corvée pour quelqu'un. Les soldats vont obliger un passant à l'enlever.

–Je n'aime pas Suhara, dit Rula. Elle parle, elle parle, elle n'arrête jamais. Comme une abeille bourdonnante. Bzz par-ci, bzz par-là.

–Plutôt une mouche énervante, dis-je. J'aimerais l'écraser.

Rula annonce :

–Voici la rue où habite ma tante. Elle est institutrice.

Au moment où elle pointe le doigt, j'aperçois un nouveau portrait d'Arafat affiché sur un autre mur.

–Ma mère et moi avons emménagé chez elle parce que ma mère est malade et que mon père est en prison.

Ses paroles me coupent le souffle. Elle plonge la main dans sa poche et en sort un morceau de papier plié en nombreux petits carrés.

–L'avocat qui voit mon père l'a apporté à ma mère, et elle me l'a donné.

Très soigneusement, elle déplie la feuille et la lisse. Elle se met à lire, un mot à la fois :

– *Chère Rula, tu me manques beaucoup. Occupe-toi bien de ta maman pour moi. Si Dieu le veut, je rentrerai bientôt à la maison. Ton père.*

Des larmes glissent sur mes joues pendant qu'elle lit. Je me dépêche de les essuyer avant qu'elle puisse les voir.

– À demain, Malaak.

Les questions se bousculent en moi, et il m'est impossible de parler. Je hoche la tête et touche le bras de Rula. Elle tourne dans sa rue. Je continue mon chemin vers notre maison, mais cette histoire de lettres m'obsède. Mon père est en prison depuis six semaines. Pourquoi n'ai-je reçu aucune lettre de lui ? Pourquoi Mère ne parle-t-elle pas d'avocats ? Elle ne doit pas le croire en prison. Mais où est-il, alors ?

En face, Hamid crie. Il me fait signe et se baisse pour regarder les vieux joueurs de cartes sous la voûte de pierre.

Quand je reviens à mon côté de la rue, j'aperçois deux femmes. L'une porte un panier sur la tête. Elles me regardent. Je les connais : elles sont voisines au bout de notre rue. À la manière dont elles me dévisagent, je devine qu'elles parlent de moi. Elles se détournent. La femme au panier l'enlève de sa tête et le prend à la main. Peu après, elles se penchent l'une vers l'autre. Pourquoi m'observaient-elles ? Je me cache derrière un grand homme qui porte un *keffieh* noir et blanc et une longue robe. Je le suis jusqu'au moment où j'arrive tout près des femmes. Puis je m'éclipse dans un passage à proximité. C'est une ruelle étroite. De vieux murs de pierre m'encadrent. Et là, dans la pierre effritée au pied du mur, s'épanouit une minuscule fleur blanche.

– Pauvre petite fille. Son père a disparu depuis six semaines à présent. On raconte qu'elle attend sur le toit. Qu'elle le guette.

– Et elle ne parle presque plus.

– Oui, je sais.

– Je crois qu'ils ont fermé la frontière le jour où il est parti. Elle est restée fermée pendant deux semaines. C'est plus long que d'habitude. Je crois qu'il y a eu un genre d'incident terroriste.

Leurs voix deviennent inaudibles. Elles s'éloignent.

Deux semaines ? Après un incident grave, les Israéliens punissent d'ordinaire tout Gaza en fermant la frontière avec leur pays et en empêchant les gens d'aller y travailler pendant quelques jours. Mais quand la fermeture se prolonge, c'est forcément à cause d'un événement terrible. Les mots « attentat à la bombe » m'apparaissent. Une lumière vive dans l'obscurité. Elle brille encore et encore. Puis une lumière blanche envahit ma tête, compresse mes yeux.

J'entends Hamid m'appeler :

– Malaak, Malaak !

Je me suis effondrée sans m'en rendre compte. Quand je me relève, je cherche le mur pour me soutenir. C'est alors que je vois la minuscule fleur écrasée.

Hamid lance un regard interrogateur dans la ruelle.

– Malaak, viens ici.

Il m'empoigne le bras.

– Pourquoi as-tu continué à marcher ? Tu sais bien que je suis chargé de veiller sur toi. Tu m'as vu m'arrêter. Tu aurais dû attendre. Tu m'as fait peur, Malaak. Ne recommence pas. Je t'en supplie.

Les mots « je t'en supplie » sont aussi doux qu'un murmure.

– D'accord, lui dis-je. Est-ce que Mère a reçu un jour une lettre de la prison ?

– Pas que je sache. Pourquoi me poses-tu cette question ?

– Rula en a reçu une, dis-je.

Hamid me regarde mais n'ajoute rien. Il secoue la tête et ne me lâche plus le bras jusqu'à la maison.

Lorsque nous l'atteignons, il me dit :

– Reste ici : je reviendrai vite. J'ai des choses à faire.

Je me demande où il va. Je me souviens de la brûlure dans ses yeux quand il a prononcé le mot « Djihad ». Écoute-t-il d'autres histoires de Nasser ? Tant qu'ils se contentent de raconter des histoires… Mais si Hamid construisait dorénavant ses propres histoires dans sa tête ? « Oh, Hamid, je t'en supplie… »

Hend n'est pas à la maison. Mère est au travail, comme d'habitude. Je me demande où se trouve ma sœur.

Je monte sur le toit et Abdo se perche sur mon épaule. Mes pensées tournent, tournent en rond. Elles me rappellent un chien jaune que j'ai vu un jour dans ma rue. Le chien courait après sa queue. Quand il l'a attrapée, il l'a mordue et a jappé. Une pensée en rattrape une autre et la mord. « Oui, mon père a disparu depuis longtemps. Non, nous n'avons pas de nouvelles de lui, mais c'est parce qu'il est en prison, je me trompe ? Les prisonniers ne parlent pas, hein ? Mais si, les prisonniers parlent. Ils envoient des lettres. Mais Hamid dit que nous n'avons pas reçu de lettre. » Je suis tellement fatiguée. Je descends dans ma chambre et je m'écroule sur mon matelas.

Un mot jappe et me réveille à l'instant précis où je m'endormais. « Attentat. » « Attentat. » Puis le mot « bombe ». « Bombe. » Une douleur me transperce la poitrine et me comprime les épaules. « Et s'il n'était pas en prison ? Et s'il était mort ? Ou s'il avait disparu comme l'homme du bas de la rue ? L'homme qui n'est plus rien ? »

L'obscurité oppressante attire ma tête dans son étau, en expulse les pensées. Le hurlement me fait sursauter. Je me rends soudain compte que c'est moi qui hurle. Je ne peux pas m'arrêter.

Une porte claque quelque part, et ma mère est là, avec Hend. Mère me prend et m'enlace.

– Il faut que je sache. Il faut que je sache quelque chose. Dis-moi. Pourquoi n'avons-nous jamais de nouvelles de Père ?

Je sanglote contre son épaule.

– Pourquoi n'envoie-t-il pas de lettre de la prison, comme le père de Rula ?

– Pourquoi crois-tu que ton père est en prison, Malaak ?

– Je sais qu'il est en prison. C'est obligé. Je le vois quand je vole dans les yeux d'Abdo.

– Oh, dit-elle.

Puis elle observe un long silence. Elle me berce un moment. Mes yeux se ferment.

Père

Je me réveille l'esprit embrumé. Quand je descends à la cuisine, je vois Hend et Mère en train de nettoyer. Je regarde la pendule et me rends compte que je suis en retard pour l'école, et je me demande pourquoi Mère n'est pas encore partie au travail.

– Pourquoi ne m'as-tu pas réveillée ? Je n'ai pas entendu le coq.

Je souris en entendant ma voix pâteuse.

– Il fallait que tu dormes, Malaak, et il faut que je te parle ce matin. Tu as dit que tu avais besoin de savoir quelque chose. Tu as raison. Savoir quelque chose vaut mieux que ne rien savoir. Je vais donc te dire ce que je sais.

Je m'assois à la table.

– Tu as dit que tu vois ton père, et je sais que tu le vois. Mais il n'est pas en prison. Je crois qu'il est au paradis, avec Dieu.

Un grondement me remplit les oreilles. Je détache mes yeux de ma mère. « Le paradis. » Je me bats contre l'obscurité. « Non ! »

– Regarde-moi, Malaak.

Les yeux de Mère viennent à mon secours.

– Te souviens-tu qu'il allait chercher du travail en Israël ? Il allait à la frontière, prendre un bus pour Israël. Il devait rentrer le soir. Cet après-midi-là, pendant que je préparais le dîner dans la cuisine, j'ai senti un frôlement sur mon épaule. Comme le geste de ton père, quand il s'approchait sans bruit dans mon dos pour me surprendre. Je me suis retournée, mais il n'y avait personne. Seulement le visage de ton père dans ma tête. Des images de lui se sont succédé en moi : la première fois où je l'ai vu au mariage de mon cousin, la première rencontre avec mes parents et le thé que nous avons bu, le premier jour où il a vu Hend. Elle a poussé un grand cri, et il a sursauté. La première fois qu'il a tenu le minuscule poing d'Hamid, et son sourire si large qu'un oiseau pouvait s'y déployer. Et toi, Malaak, qui n'as jamais marché : tu chancelais jusqu'à ses bras comme si tu étais impatiente de courir. Notre dernier pique-nique à la plage, t'en souviens-tu ?

Je hoche la tête.

– Chaque image, si nette, comme si je voyais un film. Enfin, la toute dernière, Malaak, sa chemise verte, celle qu'il portait le jour de son départ. Debout sur le seuil, je le regardais qui t'appelait et te lançait le signal « Je vais gagner » avant de tourner à l'angle. J'ai su qu'il était arrivé quelque chose.

Hend presse la main de Mère.

– J'ai attendu, attendu, mais personne n'est venu. Ce soir-là, Hend et moi t'avons ramenée dans ta chambre et mise au lit. Le lendemain après-midi, alors qu'il n'était toujours pas rentré, je suis allée au marché et j'ai entendu les gens parler d'un événement terrible. Un incident avec un bus. Mais personne n'était sûr de rien. J'ai fini par revenir à la maison. Ce soir-là, je t'ai dit qu'il avait disparu.

– Maman, interrompt Hend.

Mère continue pourtant d'une voix monotone. Des larmes lui inondent les joues.

– Le lendemain, j'ai vu un journal. En première page, il y avait la photo d'un bus en deux morceaux.

Il était tordu et noirci. C'était sur la route de Jérusalem. Il y avait surtout des Israéliens à bord, mais aussi quelques Palestiniens qui se rendaient au travail. Dans la file du marché, j'ai lu l'article. Il disait qu'il y avait un seul survivant. Un garçon qui mourrait sans doute bientôt. L'article disait que le bus était tombé en panne, et qu'un automobiliste qui passait par là avait vu un homme arabe descendre du bus pour aider le chauffeur à le réparer. Quelqu'un d'autre était descendu et s'était mis à courir. Une minute plus tard, une bombe avait explosé. Le Djihad islamique avait revendiqué l'attentat. Une victoire dans sa guerre contre Israël. Alors j'ai su ce que signifiait le frôlement sur mon épaule. Le mécanicien arabe, c'était ton père.

Ma mère s'est tournée vers Hend.

–Hend, pourrais-tu préparer du café amer ?

Ma sœur est allée dans la cuisine préparer le café que nous buvons quand nous sommes en deuil.

–Les papiers d'identité de ton père étaient dans ses vêtements. Ils ont disparu avec lui. Comme j'étais la seule à connaître le nom du mécanicien, je ne pouvais rien prouver. Néanmoins, l'heure correspondait, le bus correspondait. Malaak, si ton père était vivant, il aurait trouvé un moyen de se manifester. Il nous aimait trop. Des femmes viennent encore me voir pour me dire : « Gardez espoir, Ibtisam. » Elles ne savent pas ce que je sais ici, dit-elle, et elle pose sa main sur sa poitrine. Te rappelles-tu le soir où je t'ai dit qu'il aurait dû être rentré et qu'il avait disparu ?

Je fais oui de la tête.

– Tout ce que je savais ce soir-là, c'était qu'il avait disparu, mais ensuite, quand j'ai eu la certitude dans mon cœur, je n'ai rien osé te révéler. Tu ne parlais plus. Je l'ai dit à Hend, et je l'ai dit à Hamid après ses propos sur le Djihad islamique. J'espère que ça le dissuadera d'admirer ce groupe. Tu parles tellement peu depuis six semaines. Que pouvais-je te dire, Malaak ? Je n'avais pas compris que tu le croyais en prison. Tu t'étais mise à vivre dans ce petit monde de l'oiseau et du toit. Je m'inquiétais pour toi, Malaak. Je voulais te protéger tant bien que mal.

Mes yeux sont dans les siens, ils se noient dans la mer Morte.

– Viens, Malaak, prends-moi la main.

Elle me lève, et je la suis sur le toit. Elle m'entraîne vers notre coin.

– Tu as toujours eu une main au ciel, et une sur terre. Même les oiseaux te parlent, Malaak. Tu es l'ange de ton père ici sur terre.

Elle se place derrière moi.

– Regarde, Malaak.

Je sais qu'elle regarde l'endroit où il nous a dit au revoir. Je regarde aussi et, alors, je sais. Je vois la chemise verte, le coup d'œil par-dessus l'épaule, le signal « Je vais gagner ».

« Il ne reviendra pas. » Mes paumes sont moites. Je sens l'obscurité. Elle n'essaie pas de me comprimer, mais elle se bat contre autre chose en moi. Contre les larmes. Je chuchote :

– Non, plus d'obscurité.

Les larmes montent de très profond en moi. Ma mère me tient dans ses bras.

– Oui, oui, chuchote-t-elle.

Elle pleure aussi. Je pleure tout mon soûl.

– Il n'y a force et pouvoir qu'à travers Dieu.

Elle répète cette phrase inlassablement tandis qu'elle me caresse les cheveux. Enfin, nous redescendons dans la cuisine. Mère, Hend et moi buvons le café amer du deuil. Je goûte l'amertume jusqu'au plus profond de mon âme. J'éprouve l'amertume jusqu'au plus profond de mon âme.

Les poèmes

Le lendemain matin, quand je me retourne sur mon matelas, il y a une immense fatigue dans ma tête. Mes yeux semblent gonflés. Je secoue la tête pour me débarrasser de la fatigue. Puis je me souviens que mon père est mort.

À chaque vêtement que j'enfile, je dis les mots : « Père est mort. » À chaque bouchée de nourriture, je les répète. Bientôt, je les dis si vite qu'ils ne sonnent plus comme des mots réels, juste comme des sons inarticulés. Ils n'ont plus de sens. Je ne les entends plus.

Je monte sur le toit et m'installe avec Abdo. Les mots reviennent. « Père est mort. » Ils essaient de me ramener dans l'obscurité silencieuse alors que la tristesse m'envahit. Je leur chuchote :

– Vous n'avez aucun pouvoir sur moi.

Toute la journée, dès que la tristesse apparaît, je me pince le bras pour qu'elle s'y loge. C'est ma méthode pour la chasser de mon cœur. Quand je vais me coucher ce soir-là, je vois un bleu sur mon bras.

– Malaak, veux-tu aller à l'école ? demande ma mère le lendemain.

Cette journée commence avec l'impression de fatigue d'hier, alors je me répète la phrase : « Vous n'avez aucun pouvoir sur moi. » Mais je me pince l'autre bras. Puis je hurle à ma mère au rez-de-chaussée :

– Oui !

Je sors du lit, en pensant à l'école et à Rula. J'ai manqué deux jours cette semaine. Oui, je veux voir Rula.

Quand je descends, Mère est habillée de noir.

Elle me voit regarder ses vêtements sombres.

– Oui, Malaak. Je porte le deuil désormais. Je vais montrer à tous que ma conviction profonde (elle indique son cœur) est vraie.

Deux semaines se sont écoulées depuis la barricade et le combat, mais de chaque côté de notre rue, les fenêtres gardent leurs volets tirés, renforcés par des barres. Tellement d'yeux fermés. Les portes des maisons aussi sont bien closes. Tellement de bouches fermées. Seule une porte verte décolorée est brisée en éclats. Enfoncée par les coups de botte des soldats.

À l'école, l'institutrice annonce :

– Il est temps de passer à la rédaction. Sortez les mots que vous avez cherchés dans le dictionnaire.

Rula lit à voix haute quand l'institutrice l'interroge.

– *Le désert est une région aride. Il a une végétation pauvre. Il contient peu de formes de vie, car l'eau y est rare.*

J'ai l'impression d'entendre des phrases, pas seulement des mots. Je suis surprise. Rula doit s'entraîner à lire à la maison. Je la regarde et elle fait un grand sourire.

– Très bien, Rula. Les autres, que trouve-t-on dans le désert ?

Suhara lève le doigt. L'institutrice l'interroge.

– Du sable, dit-elle avec une mine satisfaite.

– Eh bien, oui. Mais encore, Suhara ?

– Des chameaux et des Bédouins.

Suhara reprend sa mine satisfaite. Elle se croit si intelligente.

– Nous sommes tellement habitués au désert que nous n'y pensons plus vraiment, dit l'institutrice. Je voudrais que nous réfléchissions à lui d'une manière différente. Afin d'améliorer notre rédaction. Que trouve-t-on encore dans le désert ?

L'institutrice guette de nouvelles réponses.

Une autre fille, Fadwa, lève la main.

– Du pétrole, si on est en Arabie Saoudite.

Toute la classe rit.

Même l'institutrice sourit, puis elle continue :

– Qu'est-ce qui semble exister dans le désert mais n'est peut-être pas réel ?

Tout le monde se tait. Je regarde l'institutrice, mais elle a les yeux tournés vers la fenêtre. Elle plisse le front, son doigt tambourine sur le bureau. Elle finit par dire :

– Je vais vous lire une définition et vous devrez deviner ce dont il s'agit. « *Chose irréelle ou sans substance. Phénomène optique qui fait que les objets reflétés ou éloignés semblent inversés. Se produit quand l'air proche du sol est plus dense que l'air au-dessus.* »

Je m'empresse de lever le doigt.

– Un mirage, dis-je quand elle m'interroge.

Je regarde du côté de Suhara, mais elle fait comme si elle ne m'avait même pas entendue, et elle se tourne pour parler à sa copine.

– Bzz, bzz, bzz, dit Rula.

Ma main s'abat sur mon pupitre, et nous pouffons jusqu'au moment où l'institutrice nous fixe des yeux.

– Écoutons ces vers tirés d'un poème d'Ahmad Muhammad al-Khalifa. Il s'intitule *Le Mirage perdu.*

« *Ô Mirage, ne te plains-tu pas de la fatigue*
Quand à midi règne une chaleur torride ?
Illusion de rivière sur l'horizon sans fin,
Tu pousses le voyageur à rallonger son chemin. »

Elle s'interrompt, et le désert remplit la classe. Je sens ma langue se gonfler, desséchée.

– Maintenant, chacune de vous va écrire un poème de quatre vers sur le désert. Ah, j'oubliais, il est interdit d'employer les mots « sable », « chameau », « Bédouin » et « pétrole ».

Je pose ma tête sur mes mains pendant que je réfléchis. J'aimerais savoir écrire comme Hamid. J'écris mon poème, puis c'est l'heure des mathématiques.

Hamid m'attend après l'école. Il a un grand récipient en plastique dans une main et deux pots plus petits dans l'autre.

–Tiens, dit-il en me tendant les petits pots. Il faut que nous allions à la station-service chercher de l'eau. Il y a une nouvelle coupure, et Mère a peur que nous en manquions.

Je recule la tête et hausse les sourcils. Ça veut dire non. Hamid me dévisage. Je lève le menton et claque la langue. Ça veut vraiment dire non. Hamid continue à me dévisager, mais il est bouche bée à présent.

–D'abord, nous raccompagnons Rula, lui dis-je.

Il sursaute et bat des paupières.

–D'accord, dit-il.

Je me rends compte qu'il a oublié l'époque où je commandais parfois. Il s'est habitué à mon silence. Je lui fais un grand sourire et je me tourne brusquement pour me mettre en route avec Rula :

j'évite de justesse le figuier qui pousse en face de l'école. Il a les feuilles tombantes et flétries.

– Regarde les feuilles, dis-je à Rula.

Je tapote l'arbre : il a l'air si malade.

– C'est le gaz lacrymogène, dit Rula. Il tue aussi les petits enfants et les vieillards. Le comité des femmes du village où nous habitions en avait parlé. Il conseillait aux femmes d'avoir des oignons frais sous la main. On devait les respirer si une bombe lacrymogène éclatait. Ma mère en prenait toujours un avant de sortir. Pouah ! Quand je pense à mon village, je pense à l'odeur des oignons.

Elle fronce le nez.

Pendant que nous marchons vers sa maison, je lui parle de mon père. À mesure que je les dis tout haut, les mots deviennent réels. Et la vérité pénètre plus profondément en moi, traverse l'endroit sans mots qui cherche encore à m'engloutir de temps en temps. J'avance sur le bord, le long d'une bande d'herbe pâle. Elle pousse dans une grande fissure entre la rue et le bâtiment. Rula avance dessus aussi. L'herbe ressemble à l'arbre, fine et flétrie avant l'heure. Vieille, pas nouvelle.

Rula n'a pas de mots à m'offrir, mais je vois de la vieillesse dans ses yeux aussi. Ça fait du bien de partager cette tristesse avec elle.

Juste avant que nous arrivions chez elle, Rula se tourne et dit :

– À demain, Malaak. Nous nous reverrons demain.

Hamid et moi poursuivons péniblement notre chemin vers la station-service. J'essaie d'éviter un nid-de-poule mais je me fais presque écraser par une Peugeot bleue cabossée. L'air est poussiéreux et si brûlant que je voudrais m'arrêter, pourtant je continue. C'est pire de se retrouver sans eau. Une fois, le camp de réfugiés de Bureij, au sud de la ville de Gaza, en est resté privé pendant deux semaines. Les coupures d'eau sont un autre moyen de riposte du gouvernement israélien.

Je demande à Hamid :

– Sais-tu pourquoi l'eau a été coupée ?

– Non, dit-il.

Très souvent, on ne connaît pas la raison. Mais beaucoup de petits enfants attrapent des diarrhées graves quand il n'y a pas d'eau. Maintenant, Mère nous envoie en chercher à la première alerte.

–Je ne veux pas passer ma vie dans des files d'attente, grommelle Hamid tandis que nous sommes plantés là. Les files d'attente pour l'eau, les files pour prendre le bus qui traverse la frontière, les files aux postes de contrôle juste parce qu'on est palestinien. Les files de moquerie, où les soldats rient à tes dépens. Les files pour la fouille, où on te déshabille complètement à la recherche de bombes. Ça m'est arrivé, Malaak, quand je suis allé voir notre oncle avec Père. Ça pourrait t'arriver à toi. Ils le font même subir à des fillettes de cinq ans.

Cette pensée me donne la nausée, alors que je suis déjà accablée de soif et de fatigue.

–Je ne veux pas en entendre plus, lui dis-je.

Je me contente de regarder en face et j'aperçois un petit garçon qui mange une orange.

Un jour, au début de l'intifada, Hamid a volé deux oranges dans un verger. Nous étions sur la route qui descend au sud, vers le camp de réfugiés de Khan Yunis. Nous allions voir des cousins éloignés, mais il y avait beaucoup de voitures au poste de contrôle de Kfar Daron. Le chauffeur de taxi a fait demi-tour et pris un chemin carrossable défoncé, à une seule voie. Nous étions entourés d'orangers et de cactus. Puis notre taxi est tombé en panne, et Père et le chauffeur sont sortis le réparer.

Comme il faisait nuit, Hamid m'a laissée m'éloigner de quelques mètres seulement. Puis il m'a recommandé de faire le guet. Les étoiles étaient nettes et vives. Je les ai comptées pendant que j'attendais et que je surveillais. Hamid n'a pas tardé à revenir. Les oranges volées étaient exquises. Nous avons arraché la peau et dévoré les fruits à une telle allure que le jus nous coulait sur le menton. Je frissonnais de peur et de délice. C'était il y a longtemps.

Aujourd'hui, seule la poussière tourbillonne dans l'air. Elle me rappelle mon poème. Je demande à Hamid :

– As-tu déjà vu un mirage ?

– Une fois, répond-il. On aurait dit une rivière qui séparait le désert du ciel.

– Je vois un mirage, dis-je.

– L'air n'est pas assez dense, Malaak. Je me souviens de l'avoir appris à l'école.

– Pour moi, il est dense. J'ai du mal à respirer. Et je vois vraiment un mirage. Écoute ceci :

Je vois un homme qui marche.
La rivière du désert imprègne ses traces.
Il lève sa main calleuse vers moi.
Et il agite l'air avec ses doigts.

Hamid suit mon regard.

–J'aimerais contempler ce mirage, Malaak. Mais rien à faire. N'empêche, ton poème est bon. Meilleur que tous ceux que j'écrivais.

Je ne veux pas que ce soit un poème, ni un mirage. Je veux que ce soit la réalité. Je veux que mon père me fasse signe et agite de nouveau l'air.

J'observe avec une telle attention que j'ai le vertige. Mais il n'y a pas de mirage. Seulement la chaleur qui monte de la poussière. Je me détourne de la route et m'applique à compter les gens dans la file devant nous. Enfin, nous atteignons le robinet et je remplis les pots. Je suis si fatiguée quand nous arrivons à la maison que je vais directement m'allonger sur le vieux sofa. Puis je prends l'escalier du toit pour dire bonne nuit à Abdo. « Vois-tu les mirages, Abdo ? » Abdo incline la tête. « Oui, tu les vois. Tu en vois plus que les gens. »

Tariq

– Malaak, lève-toi, dit ma mère.

Quand je descends pour manger, elle est déjà dans la cuisine. La plupart du temps, elle y est avant moi. Elle récite les prières puis prépare le petit déjeuner. Alors que je me tiens près de la minuscule table dans la cuisine où elle s'affaire, j'entends le plic ploc du robinet. Je vais lui embrasser la joue : elle est mouillée de larmes. L'une coule dans l'évier.

Je vais tous les jours à l'école depuis deux semaines. Rula et moi rentrons tous les jours ensemble, avec Hamid bien sûr. Aller à l'école, revenir de l'école, chaque jour pareil. Comme si rien n'était jamais arrivé. Comme si la tristesse n'existait qu'au bord de nos vies, pas au cœur.

Mais il y a les nuits. Chaque soir, Mère me dit :

– Il y aura demain, Malaak. Avec l'aide de Dieu, nous avancerons pas à pas.

Je dois surmonter chaque nuit, envahie par les images qui brillent aux coins de ma chambre. Quand je ferme les yeux, je les vois derrière mes paupières. Des graffitis rouges, des fleurs blanches écrasées, de l'herbe fine et jaune, des mirages vaporeux. Puis je me représente Père. Sa main levée, ses mains de l'océan, ses mains de travailleur. Et je me rappelle les paroles de Mère, sauf que je les change un peu. « Le courage ne se manifeste pas dans un seul acte. Il se mesure aux choix de la nuit. Aux choix derrière les yeux. Le courage ne se manifeste pas dans un seul acte. Il se mesure aux choix de la nuit. » Je me les répète sans cesse jusqu'à ce que je m'endorme.

C'est seulement le matin que j'avance pas à pas. Il y a toujours la nuit d'abord.

Après le petit déjeuner, je déambule dans la salle de séjour et me laisse tomber sur une chaise. Hend a allumé un poste de radio dans la chambre, et la musique flotte vers moi. Puis la chanson s'arrête, et le journaliste annonce une grève générale pour aujourd'hui. Tous les magasins seront fermés, les enfants n'iront pas à l'école. Gaza est en deuil. C'est le premier anniversaire de la mort d'un prisonnier politique.

Mère sort de la cuisine et dit :

– Voici ta liste de tâches ménagères pour la journée. En raison de la grève, je n'irai travailler que cet après-midi. Dans l'immédiat, je vais commencer à préparer notre repas.

Tariq ouvre la porte de la rue sans frapper et demande :

– Où est Hamid ?

Je réponds par un haussement d'épaule. Je vois que son sourire n'atteint pas ses yeux. Sa main droite se précipite vers ses cheveux, touche sa *taquia*, puis elle s'arrête sur son épaule. Au bout d'une minute, elle descend vers sa poche et finit par s'immobiliser sur son autre main.

Pourquoi porte-t-il en permanence cette calotte ? Il la met tous les jours. Il la porte depuis que je le connais, et il a toujours habité le quartier. Il est le meilleur ami d'Hamid depuis qu'ils sont petits.

–Je ne l'ai pas vu, Tariq, dit ma mère, qui entre dans la salle de séjour. Tiens, veux-tu un bonbon ?

Elle offre sans cesse des cadeaux. Même à des chiens errants blessés, comme Tariq. Il mange plus chez nous que chez lui. Il n'a ni frère ni sœur, et il est vraiment pauvre. Sa mère doit être heureuse qu'il ait une deuxième maison.

Il braque les yeux sur le sol, et il s'approche sans bruit. Sa morosité me saisit. Je n'ai pas tellement observé Tariq jusque-là, mais je vois à présent qu'elle commence dans son regard et l'enveloppe tout entier. Il gobe les bonbons, puis s'en va.

Nous gardons un moment les yeux dans sa direction.

–Tariq me fait penser à un animal blessé, dis-je.

–Il est blessé, je le sais. Quelque chose l'a violemment meurtri. Il parle peu, n'est-ce pas ? dit Mère. Mais tu connais ce silence, je suppose.

–Oui.

Avant la mort de Père, je ne savais rien de la blessure qui réduit au silence, mais à présent je la connais. Et je la perçois chez les autres. C'est comme quand j'ai perdu ma première dent. Je n'avais jamais remarqué les dents manquantes, mais après avoir perdu la mienne, je voyais partout des gens édentés.

–Je crois qu'il y a en Tariq un endroit où les mots ne vivent pas. Dans les profondeurs de son être, dit Mère.

Elle se tourne vers moi et incline la tête. Elle a son regard qui pèse. Elle pèse ses phrases comme le vendeur pèse les fruits au marché. Puis elle repart à la cuisine. Je la suis. Elle prend son couteau et se dirige vers la table où sont posés les légumes. Je lui coupe la route. Elle s'arrête, et la main qui tient le couteau glisse à son côté.

–Dis-moi ce qui est arrivé à Tariq.

Je plonge mon regard dans ses yeux, qui s'agrandissent.

Mère redresse les épaules et parle lentement.

–Tu apprends tellement de choses à la fois. Je sais que tu vois les gens d'une autre manière désormais, pourtant il m'est encore difficile de te révéler certaines choses, Malaak. J'aimerais que Tariq puisse t'en parler, mais je ne crois pas que ce soit possible. Il vit dans le silence, alors je vais te raconter son histoire.

Elle prend une profonde inspiration et commence :

– Quand Tariq était petit, des soldats israéliens ont tiré sur son père. Tariq était avec lui. Il a rapporté un morceau de la chemise de son père à la maison. Il a gardé le morceau dans la main quand il est allé se coucher ce soir-là. Sa mère a dit que, durant toute cette première nuit, il avait crié et gémi : « Les morceaux, les morceaux. » La *taquia* qu'il porte appartenait à son père. Quand son père a été tué, Tariq a perdu une part de lui-même. Il la cherche. Il la cherche en Hamid et dans beaucoup d'autres endroits. Partout, n'importe où.

L'ampoule fluorescente du plafond répand une lueur verdâtre. Elle clignote et s'éteint, puis se rallume.

– Voudrais-tu m'aider à préparer le repas, Malaak ? demande ma mère.

Je n'ai pas envie de cuisiner, mais je veux rester dans la pièce embuée. Continuer à regarder ma mère faire ce qu'elle fait toujours.

– Tiens.

Elle me tend la grosse cuillère.

– Remue l'ail.

J'observe ma main qui racle et qui tourne. L'odeur d'ail roussi devient forte, et j'entends le clac, clac, clac du couteau de ma mère. Puis elle verse de la sauce dans ma casserole, et je me mets à mélanger.

– Nous mangerons du *mahshi**, annonce-t-elle.

Le *mahshi* est l'un de mes plats préférés. Mère remplit de riz des oignons, des courges et des poivrons. Je n'aime pas farcir les légumes. C'est plus agréable de remuer, mais ça me donne faim.

– S'il te plaît, continue à tourner soigneusement, Malaak. N'oublie pas de racler la casserole. Il ne faut pas que le fond brûle. Tu cuisineras aussi bien que moi si tu m'écoutes et si tu suis mes conseils.

Ma mère veut que la sauce cuise très lentement. Qu'elle mijote. Elle croit à la cuisine traditionnelle. Elle est experte. Parfois, elle prépare des repas de fête pour les femmes riches chez qui elle fait le ménage.

Pendant que je remue, les paroles de Mère s'enfoncent dans la sauce. « Le père de Tariq. » « Mon père. » Les mots se réunissent et tournent, tournent sans relâche comme ma main. Ma mère sort de la cuisine.

Ce soir-là, au moment du dîner, quelqu'un frappe. Tariq est revenu.

– Entre, Tariq, dit ma mère. Tu peux attendre Hamid ici.

Hamid arrive peu après et nous nous asseyons tous pour le repas. J'observe Tariq. Pendant qu'il mange, un sourire flotte sur ses lèvres, mais sans atteindre ses yeux.

Hamid et Tariq regardent la télévision. C'est un vieux film américain. Je m'installe avec eux, tandis que Hend aide Mère à la cuisine. Quand je regarde Tariq, je pense à son père. Son père est dans un lieu sans mots et, apparemment, Tariq est allé l'y retrouver. Mon père aussi est dans un endroit sans mots. Parfois, la tentation d'y être engloutie se fait encore sentir, pour le rejoindre. Pour vivre avec lui. Mais la tentation est plus rare qu'avant.

Tariq ne dit pas un mot de la soirée. Mais c'est dans ses habitudes.

Nous entendons le vacarme d'un porte-voix. Même si nous ne distinguons pas bien le message, nous savons que c'est un soldat qui annonce le couvre-feu. Les autorités israéliennes l'ont rétabli quand elles ont appris la grève générale.

– Rentre vite chez toi, Tariq. Tu aurais dû partir plus tôt, dit ma mère. Je ne veux pas que tu sois arrêté au simple motif que tu es dans la rue au mauvais moment. J'espère que ce couvre-feu durera moins longtemps que le précédent.

– Selon la rumeur, dans le camp de Jabalia, où l'intifada a commencé, il est en vigueur tous les soirs depuis le début, dit Hend.

– Sous peu, dit Hamid, les couvre-feux ne se limiteront pas au soir. Ils seront appliqués toute la journée. Alors nous emploierons l'expression qui convient : résidence surveillée. C'est ce que nous avons l'impression de subir.

Tariq se précipite dehors. Ma mère verrouille les portes et les fenêtres. Nous entendons les soldats passer.

Je monte sur le toit et regarde Tariq rentrer chez lui. J'ai peur pour lui. Il pourrait être arrêté au simple motif d'avoir traversé la rue. Il n'a pas besoin d'ennuis supplémentaires. Surtout pas avec les soldats. Abdo regarde avec moi. « Scrute l'obscurité, Abdo. Regarde devant lui, devant moi. Peux-tu nous avertir du danger ? Le vois-tu ? »

L'avertissement

Deux jours plus tard, la grève est terminée. À mon retour de l'école, je monte sur le toit nourrir Abdo. Abdo ne mange pas. Il me gratte la main, éparpille les graines et s'envole au bord du toit. Je baisse les yeux vers la rue et vois Hamid. Lui et Tariq sont immobiles à l'angle. J'ai l'impression qu'ils guettent des soldats. Ils vont s'attirer des ennuis avec cette stupide affaire de *shabab*. Je ne veux pas que quelqu'un de ma famille soit blessé. Mes yeux se fixent étroitement sur eux. Hamid et Tariq attendent jusqu'au moment où ils aperçoivent un soldat, puis ils sifflent et crient. Stupide. Stupide.

Ils font volte-face, remontent un petit peu notre rue, et le soldat se tourne vers eux. Dans ma tête, c'est l'explosion. La chaleur m'enflamme les bras et m'envahit les mains. J'abats mon poing dans ma paume alors que Tariq et Hamid se penchent tous les deux pour ramasser quelque chose par terre. Je suis sûre que ce sont des pierres. Du haut du toit, je hurle :

– Hamid, espèce d'imbécile ! Veux-tu te faire tuer aussi ?

Je dévale l'escalier et m'engouffre dans la salle de séjour. Hend se précipite dehors.

J'entends une voix grave crier. Je franchis le seuil derrière Hend et la percute lorsqu'elle s'arrête net. En étirant le cou, je vois ma mère, qui court vers le bout de la rue, à l'endroit où un soldat ordonne :

– Rentrez chez vous ! Rentrez chez vous ! Ne restez pas dans la rue !

J'enfonce mes doigts repliés dans mes joues et je chuchote :

– Au secours, au secours.

Hamid et Tariq se sont immobilisés. Leurs bras sont tendus en avant.

Ma mère tombe à genoux dans un grand cri. Le soldat la regarde et lui dit quelque chose, mais je n'entends pas quoi. Mon corps est en équilibre. Je suis sur la pointe des pieds, les mollets raidis.

Ma mère lève son visage vers le soldat. Celui-ci brandit son arme en l'air et tire à la verticale. Hend pousse un hurlement.

Tariq et Hamid s'élancent aussitôt. Ils foncent vers le passage derrière notre maison. Une Jeep israélienne tourne à l'angle, mais le soldat crie en hébreu. Il fait signe au conducteur de circuler ; la Jeep s'éloigne dans un vrombissement. Mes muscles se relâchent, le soulagement m'inonde. La sueur ruisselle sur mon visage et sous mes bras.

Ma mère ne bouge pas. Elle est toujours à genoux. Ses épaules tremblent. Les jambes vacillantes, je m'approche d'elle lentement. Hend me précède. Je ne tarde pas à les rejoindre. Je demande :

– Que t'a-t-il dit, Mère ?

– Il a dit : « J'ai deux fils », répond Mère d'une voix chevrotante.

– Et comment as-tu réagi ? demande Hend.

– J'ai dit : « Alors, que Dieu vous protège. »

Aucune de nous ne bouge.

Le silence volette jusqu'à nous. Comme Abdo quand il atterrit sur mon épaule. Nous sommes en sécurité. Ce moment frêle, ce temps de répit, semble plus vaste que l'instant présent. La sécurité pourrait-elle durer encore et encore ? Je le voudrais. Je prie : « Oh, oui. Qu'elle dure toujours. »

Plus tard, lorsque Hamid rentre, ma mère lui dit :

– Je ne veux pas que tu adoptes le comportement des *shabab*. Tu ne réussirais qu'à crier ou à jeter des pierres, tandis que les soldats, eux, pourraient te frapper et t'arrêter. J'ai perdu mon mari. Je ne veux pas perdre mon unique fils.

– Il ne me serait rien arrivé, dit Hamid. Ces soldats n'auraient pas tenté un geste.

– Tu n'en sais rien, Hamid.

– Tu ne me perdras pas, Mère. Mais il faut que je participe à la cause. Père n'aurait pas dû être privé de son travail à cause de l'intifada. Il n'aurait pas dû être obligé d'aller chercher un nouvel emploi à Jérusalem. Il n'aurait pas dû y avoir d'intifada, pour commencer.

Je devine une transformation chez Hamid. Il ne se contente pas de répéter les paroles d'un autre.

– Père croyait à une terre palestinienne. Il voulait que les Palestiniens aient, comme les Israéliens, du travail, une terre, de l'eau. Tu me prends pour un petit garçon, mais je n'en suis plus un.

Ma mère se met à pleurer. Je crois qu'elle perçoit le changement chez Hamid. Elle monte à l'étage.

J'avais l'habitude de dire que le poing d'Hamid était sa langue, parce qu'il était plus fort en paroles qu'en actes. Désormais, sa main a pris le relais. Il est devenu un combattant des pierres.

Hamid choisit un match de football à la télévision et s'affale sur le sofa. Je m'assois près de lui. Il fronce les sourcils en regardant les images. Il s'endort tout droit. J'éteins le poste et je vais me coucher.

Nous sommes le lendemain après l'école, et je suis assise à la table. Je dessine les roses posées là dans un vase. La différence, c'est que sur mon dessin, les roses sont vraies, pas en plastique. Hend suit son feuilleton à la télévision. Hamid s'assied à côté de moi et me regarde. L'épisode se termine et

Hend monte à l'étage. J'entends, à la même seconde, le clac, clac d'un couteau dans la cuisine, la radio de Hend au-dessus et un hurlement dans la rue. Chaque son est net, distinct. Chacun retentit trop fort.

La porte de devant s'ouvre et Tariq fait irruption.

– Ils ont frappé Nasser. Dans la rue d'à côté.

Ma mère sort en hâte de la cuisine.

Hamid bondit sur ses pieds. Il se précipite dehors avec Tariq. Au bout de dix minutes, ils sont de retour, et Hamid explique :

– Nasser revenait de l'école. Il est entré dans un magasin pour acheter à manger. Pendant qu'il était à l'intérieur, quelqu'un a dû jeter une pierre. Quand il est ressorti, la patrouille israélienne l'a attrapé et battu à coups de matraque. Une femme a tout vu, elle savait qu'il n'avait rien fait. Elle a essayé d'arrêter le sang de couler, mais les soldats l'en ont empêchée.

– Oh non ! dit ma mère. Viens, Hamid. Comment va-t-il ?

Je me tourne en direction de l'escalier : je veux échapper aux nouvelles. Je veux être là-haut dans un endroit protégé ; un endroit où il n'y a pas de mots pour décrire les horreurs.

Lorsque j'arrive sur le toit, Abdo vole jusqu'à ma main. Nous regardons tous les deux Mère et Hamid sortir de la maison. Mère s'arrête près d'un petit groupe de femmes, et elles parlent ensemble. Mais Hamid continue à toute vitesse, dépasse l'angle, et je ne le vois plus. Malgré la chaleur, je sens un frisson s'enrouler dans mon ventre. « Vers quoi se dirige-t-il ? »

Mère revient quelques minutes plus tard. Elle m'appelle :

– Malaak, descends manger. Je n'ai rien appris d'autre, hormis qu'ils attendent l'ambulance.

Une fois au rez-de-chaussée, je demande :

– Où est Hamid ?

Je m'assois sur le sofa et je regarde, sur le mur d'en face, une petite photo encadrée de notre famille : Père, Mère, Hend, Hamid et moi. Nous sommes tous assis sur le sable, sur une couverture rouge. Nous avons notre repas devant nous et l'océan dans notre dos. Est-il possible que ce pique-nique ne remonte qu'à deux ans ?

–Je crois qu'il attend l'arrivée de l'ambulance, dit Mère. Je suis sûre qu'il va bientôt rentrer.

Quand j'entends ces paroles, le frisson s'enroule de nouveau en moi et je sais que je ne pourrai rien avaler. Je vais dans ma chambre et m'allonge sur le matelas. Je m'aperçois que je m'enroule autour de mon propre frisson, me roule en petite boule. Je guette la voix d'Hamid.

Un moment après, j'entends Hend dire :

–Tu es en retard.

Et j'entends Hamid. Au son de sa voix, mes jambes s'étirent, et je tressaille. La fatigue m'envahit. Je ne comprends pas ce que dit Hamid, il parle si bas. Mais peu importe. Il est rentré.

Je me réveille lentement et descends l'escalier. C'est le matin, mais je n'ai pas faim pour le petit déjeuner. Je m'assois sur le sofa et contemple l'autre photo accrochée au mur. Elle représente la famille de ma mère. La sœur aînée de ma mère n'a que deux ans, et mon grand-père se penche pour lui caresser la tête. Ma mère est bébé, elle a moins d'un an. Ma grand-mère la tient et regarde l'objectif du coin de l'œil. La sœur cadette de ma mère n'est pas encore née. La famille est dans un jardin où poussent des jasmins et un olivier. Dans l'angle de la photo, il y a quelques mots écrits à la main, que je n'ai pas besoin de lire : « *Jérusalem, 1946.* »

La famille de ma mère venait de Lydda. En 1948, les soldats juifs ont chassé de cette ville des milliers de Palestiniens. Les Britanniques avaient déjà évacué des Palestiniens, mais les avaient ensuite laissés revenir chez eux ; mes grands-parents ont donc pensé que ce serait pareil. Ils ont simplement fermé leur maison à clé avant de partir. Ma mère a toujours la clé.

Cette photo sur le mur date d'une visite familiale à Jérusalem durant l'époque heureuse. Les seules personnes de la famille encore vivantes sont ma mère et sa sœur cadette, qui n'est pas sur la photo.

Quand j'étais petite, je fermais les yeux et je faisais semblant d'être dans ce bel endroit de Jérusalem, comme si rien n'avait changé depuis cette photo. Je respirais le jasmin. Je mangeais les olives.

La lumière brille sur le cadre doré de la photo lorsque Mère entre dans la pièce. Sa peau est tendue comme un papier fin. Ses yeux sont enfoncés. Ses paupières paraissent tellement sombres, je croirais presque qu'elle les a fardées, mais je sais que non. Elle semble ne pas avoir fermé l'œil de la nuit.

Elle m'apprend qu'à son retour, Hamid a dit que Nasser était mort avant que l'ambulance arrive à l'hôpital. Ma mère m'enlace et me serre contre elle. Même si je ne connaissais pas très bien Nasser, je me mets à pleurer. Ma mère pleure aussi. Je ne sais pas où commence ma tristesse et où commence la sienne. La tristesse se mêle à toute la souffrance des derniers mois et nous ruisselle sur le visage.

L'enterrement

Le lendemain, je pense à l'enterrement de Nasser. Mais en fait, l'enterrement de Père le remplace aussitôt dans ma tête. S'il était mort comme Nasser, Père aurait eu un enterrement. Nous nous serions apprêtées à cette cérémonie. Et justement, je m'y apprête. Toute la journée, je prépare des plats, des vêtements, des mots pour un enterrement qui n'aura pas lieu.

Je crois que Hend et Mère s'y apprêtent aussi. Je les vois essuyer des larmes à des moments où elles supposent que je ne le remarquerai pas.

Lorsque le troisième jour arrive, le jour de l'enterrement, je suis engourdie, parce que j'ai déjà répété des centaines de fois l'enterrement de Père dans ma tête. Nous nous habillons pour la visite à la famille. Mère et Hend mettent des *jilbabs** gris, et j'en mets un bleu. Les manteaux sont longs et nous recouvrent. Nous ressemblons à toutes les autres femmes en deuil dehors dans la rue. Nous marchons toutes vers la maison de Nasser.

Lorsque nous tournons à l'angle de la rue, j'aperçois une grande tente blanche dressée devant la maison. Des banderoles rouges et noires la décorent. Ce sont deux couleurs du drapeau palestinien. Des gens ont été arrêtés pour la simple raison qu'ils portaient du rouge, du noir, du vert ou du blanc à un enterrement.

Les hommes vont dans la tente, et je jette un coup d'œil à l'intérieur, en passant. Hamid est assis avec les hommes plus âgés, qui boivent du thé. Une grande bannière en papier marron est accrochée à la toile du fond. Au milieu, il y a la photo de Nasser. L'engourdissement me quitte, je tremble. Je tends le bras, et Hend me prend la main.

Elle m'entraîne dans la maison, où se trouvent les femmes, et ma mère parle à la mère et aux tantes de Nasser. Hend parle avec ses sœurs, tandis que je me tiens à côté d'elle en silence. Parler semble trop difficile. Je ne trouve pas de mots. Je vois le visage de Nasser. Cette bouche, cette bouche hardie qui racontait des histoires. Muette à présent.

Nous montons sur le toit rejoindre les autres femmes. Elles évoquent des souvenirs au sujet de Nasser. Certaines psalmodient, d'autres lancent des youyous*. Les trilles paraissent plus profonds que les mots, et je participe au chœur. Nous ne restons pas longtemps.

Alors que nous longeons la tente, Hamid s'approche de Mère :

–Partez sans moi. Je marcherai avec les hommes.

–Les soldats risquent de surveiller le cortège, comme ils l'ont déjà fait ailleurs, dit-elle.

–Je sais, répond Hamid. Ils ne veulent pas que Nasser passe pour un martyr de la cause palestinienne.

–Je t'en prie, ne t'attarde pas ici, Hamid. Si le convoi ne se met pas bientôt en route, rentre à la maison. J'ai peur qu'il arrive quelque chose.

–Moi aussi, ajoute Hend.

Hamid se contente d'un signe de tête et se détourne. Écoute-t-il leurs craintes ? Je ne peux que le regarder avec des yeux qui disent: « Je t'en prie, je t'en prie, Hamid, reste vivant. » Mais il ne m'accorde pas un seul regard, et nous nous en allons. Sitôt arrivée à la maison, je grimpe sur le toit.

– Viens, Abdo.

Abdo se pose sur ma main, et j'essaie de distinguer Hamid alors que nous observons les rues au-dessous de nous. « Je t'en prie. Je t'en prie, Hamid. »

Bientôt, nous voyons le cortège funèbre. Il avance dans la rue qui croise la nôtre. Je retiens mon souffle en apercevant un jeune homme au visage à demi recouvert par un *keffieh* marcher devant le cercueil, un drapeau palestinien à bout de bras. Je finis par reconnaître Hamid dans la foule. Le frère de Nasser, Mahmoud, est parmi ceux qui portent le cercueil, à l'avant. Le père de Nasser est âgé, mais à présent il a l'air d'un vieillard. Il traîne les pieds comme un aveugle.

Abdo sait ce que je ressens. Le chagrin essaie de m'engloutir pendant que j'observe le père de Nasser. Je me tourne de l'autre côté: je vois des soldats qui s'approchent. Ils se dirigent vers le cortège. Ils lancent des cris au convoi funèbre, et Mahmoud leur répond en criant. Le jeune homme qui brandissait le drapeau le baisse. J'entends les soldats hurler de nouveau. Mahmoud réplique encore, puis je vois les soldats lever leur arme. Je cherche les bombes lacrymogènes, mais il n'y en a pas. Le jeune homme au drapeau s'effondre sur le sol, et un instant plus tard j'entends un coup de feu et vois le cercueil piquer du nez. Les gens courent. L'obscurité en moi essaie de m'engloutir et ma vue finit par se brouiller.

Je m'assois sur le toit. Le brouhaha des plaintes et des hurlements augmente. L'obscurité devient plus oppressante, elle m'encercle, elle m'aspire vers l'intérieur. Vers le silence assuré. Mais soudain Abdo décolle, m'avertit en s'envolant au sommet de l'antenne. Il me regarde, et j'entends un nouveau coup de feu. Il y a des cris dans la maison ; je me pince violemment le bras et me précipite en bas dans la lumière de la cuisine. Je m'oblige à articuler :

– Des soldats, qui tirent.

– Il nous a semblé entendre un coup de feu, dit Hend, avant de sortir en courant dans la rue.

Comme elle laisse la porte ouverte, je la vois qui regarde d'un côté puis de l'autre.

– Reviens ici ! lui hurle Mère, mais Hend n'obéit pas.

Mère m'entoure de ses bras.

– Respire, dit-elle. Respire profondément.

Je ne sais pas bien à qui elle s'adresse, à moi ou à elle, en revanche je sais que ses bras sont trop serrés. Je les repousse.

– Lâche-moi, lui dis-je.

Elle me lâche et, ensemble, nous reprenons notre souffle.

Hend revient en courant.

– Quelqu'un en bas de la rue a crié que Mahmoud a reçu une balle. Il est mort.

Mère étouffe un cri. Hend s'élance vers nous, et nous nous enlaçons toutes les trois. Puis Hend dit :

– Je suis sûre qu'ils vont l'enterrer immédiatement, parce qu'ils ont peur que les soldats emportent son corps, comme souvent.

– Et Hamid restera jusqu'à la fin, dit Mère. Que Dieu soit avec lui.

Nous nous blottissons les unes contre les autres sur le sofa. Nous ne bougeons pas, ne disons rien. Je crois que chacune de nous emploie son énergie à contenir sa peur. Seuls nos corps se parlent. Je sens les jambes de Hend trembler alors qu'elles heurtent les miennes. Je tremble aussi, et je communique mes tremblements à Mère.

Et nous restons ainsi. Au bout d'une heure ou deux, je ne sais pas combien de temps, Hamid entre dans la pièce.

– Le frère de Nasser, Mahmoud, a reçu une balle. Il portait le cercueil dans le cortège funèbre. Il est mort lui aussi. On l'a enterré dans ses vêtements de blessé. Ce sont ses vêtements de martyr. Ils sont allés directement au cimetière. On a placé Mahmoud dans la tombe près de Nasser. Les hommes âgés ont dit les prières et lu le Coran, explique Hamid.

Son débit est monotone. Une telle monotonie m'effraie plus que tout. Ces morts l'ont changé. Il se tourne et monte se coucher. Nous le suivons.

Le lendemain matin, Hamid annonce qu'il va chez Nasser, pour être avec la famille.

– N'y va pas, je t'en prie, chuchote Hend. Pense à elle, Hamid. Pense à Mère.

Mais il se dirige vers la porte.

– Laisse-moi tranquille, dit-il, une pointe d'acier dans la voix.

Je l'entends, et je la devine dans ses yeux.

Il faut que Mère parte travailler, mais Hend reste à la maison avec moi. Alors nous nous asseyons et attendons de nouveau. C'est le silence. Au bout d'un moment, Hamid ouvre la porte et entre sans bruit. Il s'affale par terre et commence à nous parler du deuil. Sur sa chemise, il a épinglé une photo du garçon mort, Mahmoud. Il se balance d'avant en arrière et psalmodie, comme s'il récitait de la poésie.

– Aujourd'hui, nous avons honoré la vie de deux martyrs. Il y avait des banderoles vertes, rouges, noires et blanches suspendues dans la pièce. Le drapeau palestinien flottait au mur. Un poème pour les fils martyrs était épinglé devant. Le magnétophone diffusait un chant de résistance. Le père de Nasser a lu le poème. Ensuite, il a dit qu'il n'avait plus peur, parce qu'il était mort à l'intérieur.

« J'ai donné tout ce que j'avais, a-t-il dit. Personne ne peut plus rien me prendre. »

– Toute l'assemblée aurait pu être exécutée sur place, dit Hend. Avec le drapeau, les propos sur les martyrs, les couleurs de la Palestine.

– Devrais-je avoir peur, Hend ?

Le ton psalmodié a disparu. Hamid a repris sa voix d'acier.

Je ne la supporte plus. J'entends mon frère et ma sœur en discussion violente tandis que je monte sur le toit. Je veux être avec Abdo. Abdo écoute sans discuter.

Rimal

C'est le matin. Mais avant que le coq ait l'occasion de lancer son cocorico, j'entends la voix de ma mère. Pourquoi me réveille-t-elle si tôt ? Alors je me souviens que c'est le ramadan, notre mois sacré. À cause de l'enterrement, j'avais oublié. Le ramadan est une période de purification : on s'abstient donc de manger et de prononcer de mauvaises paroles entre le lever et le coucher du soleil. Les adultes ne fument pas et ne boivent pas non plus d'alcool.

Je déteste avoir faim, mais j'adore l'*iftar** la nuit venue, quand nous rompons le jeûne. Et j'adore le festin et les réjouissances à la fin du ramadan.

Le jeûne pendant le ramadan constitue l'un des cinq piliers de notre religion. Les quatre autres sont la *chahada* (la profession de foi), la prière, l'aumône et le *hadj* (le pèlerinage spirituel à La Mecque).

Mère nous encourage à la foi et veut que nous adoptions ses croyances. Mais comme le disait mon père, il dépendra de moi de choisir l'islam. Il citait le Coran : « *Nulle contrainte en matière de religion.* »

– *Souhour** *!* crie Mère. Il est temps de manger.

La pendule de la cuisine indique quatre heures et quart. Hend, les yeux ensommeillés, entre en titubant. Nous mangeons nos œufs à la coque, notre pain et nos morceaux de fromage. Puis je titube jusqu'à mon lit pour dormir encore un peu.

Des tapements me réveillent. C'est le bruit du pain qu'on aplatit. Mère a beaucoup de pâtisserie à faire. Hend manque l'école pour l'aider. Des murmures montent de la cuisine.

– Au revoir, leur dis-je en partant à l'école avec Hamid.

La classe paraît plus longue que d'habitude. C'est parce que j'ai faim, je suppose.

Sur le trajet de retour, je respire des fleurs d'oranger. Puis je respire des oranges. Ou plutôt je rêve de respirer des oranges. Ma tête couine et mon ventre gargouille. Je suis aussi affamée qu'un chien errant. Non, plus que ça. Je suis aussi affamée que l'âne qui refusait de bouger au marché il y a quelques semaines.

Quand j'arrive près de notre maison, Mère passe la tête par la porte et crie :

– Viens vite, Malaak. Nous allons à Rimal. J'ai besoin de toi.

J'entre en courant.

– Nous devons filer à la station de taxis, Malaak. Aide-nous.

Je me précipite dans la cuisine pour aider Mère et Hend à transporter les plateaux de pains, de *katayef**, de gâteaux au beurre. Elles ont cuisiné toute la journée. Pendant le ramadan, ma mère prépare des pâtisseries en plus, pour les familles chez qui elle fait le ménage. Ces gens habitent à Rimal, un quartier riche de la ville. Mère dit que ces familles possédaient des terres à Gaza avant l'arrivée des réfugiés.

D'habitude, Mère va travailler à pied, mais aujourd'hui, puisque nous apportons à manger, ses employeurs nous paient le taxi. Nous remplissons la voiture de pâtisseries, puis nous nous tassons à l'intérieur. Nous partons pour Rimal.

– Tu imagines vivre dans la maison de ta famille et connaître son histoire depuis des siècles ? Tous tes ancêtres qui ont vécu au même endroit ? chuchote Hend, les yeux agrandis et brillants.

Je me demande pourquoi elle chuchote, mais ensuite je l'éprouve aussi : ce respect envers l'enracinement.

Je réponds en chuchotant :

– Non, Hend. Je ne peux pas l'imaginer.

Je pense à la photo que nous avons au mur. Je pense à Jérusalem. Nous tournons dans Omar al-Mukhtar, la rue principale de la ville. Nous passons devant Al-Jundi, la « place du soldat inconnu ». Quel nom bizarre, comme s'il n'y avait qu'un soldat inconnu. Tous les Palestiniens sont des soldats inconnus. Je vois des gens se promener dans le square.

Nous longeons les palmiers, les grosses maisons avec des voûtes et des vérandas. J'aperçois des roses, des lys et des glaïeuls dans les jardins. Il y a encore d'autres fleurs, mais je ne sais pas comment elles s'appellent. Je ne me sens pas seulement de l'autre côté de la ville. J'ai l'impression d'être dans un pays étranger.

Mais nous passons ensuite devant une villa à moitié finie, avec des trous à l'emplacement des fenêtres. Je la montre, et Mère explique :

– Beaucoup de constructions sont interrompues à cause de l'intifada.

Près de la villa inachevée, il y a un terrain inoccupé, où une chèvre broute au milieu des ordures. Et je comprends que ce n'est pas un pays étranger. Seulement une autre partie du même pays.

– Hamid raconte qu'ici, à Rimal, les enfants jettent des chocolats sur les soldats, chuchote Hend.

Je me mets à rire.

– Si quelqu'un jette des chocolats dans ma direction, je les disputerai au soldat, et je gagnerai.

Nous nous arrêtons devant une villa entourée de palmiers. Je respire une odeur de jasmin avant d'entrer. J'aperçois, derrière la maison, l'éclat du soleil doré sur la mer.

Une fille qui semble avoir à peu près l'âge de Hend sort et nous conduit vers le fond. Elle porte une robe bordeaux avec un fil d'or au cou et aux manches, et un collier orné d'une grosse perle d'ambre. Elle a quatre bracelets autour d'un poignet, deux autour de l'autre. Je me demande qui elle est. Nous transportons les pâtisseries à l'intérieur et les disposons sur des plats en bois incrusté. Nous allons ensuite dans la salle à manger, où nous les plaçons sur de grandes tables latérales. Les lustres de cristal, au plafond, scintillent comme l'océan. Il y a des photos sur tous les murs. De grands vases, remplis de roses rouge vif ou clair, décorent la table principale, entourée de chaises au dossier de mosaïque noir et blanc, aux coussins pelucheux.

Pendant que personne ne regarde, je m'assois à la place d'honneur. Comment serait un repas ici ? Je pense à nos soupers brouillons, bruyants : Hamid qui parle la bouche pleine de falafel*, mon rire sonore. Quelque chose dans cette pièce m'incite à être très discrète. Je ne crois pas que notre famille pourrait manger ici.

Une fois que nous avons terminé, la fille en robe bordeaux paie le chauffeur de taxi, et à ce moment-là je sais qu'elle habite vraiment dans cette maison. C'est peut-être la fille de la famille. Jette-t-elle des chocolats sur les soldats ? Il me tarde tant de rentrer et de manger !

À la maison, je dévore des montagnes de riz au safran, d'*houmous** et de minuscules poissons frits. Je ne peux pas m'arrêter, mais quand je vois le gâteau au beurre que Mère nous a gardé en dessert, j'ai le ventre trop plein. Je cache ma part dans ma manche.

Je monte en catimini sur le toit retrouver Abdo. Je sais que le gâteau lui plaira. Lorsque j'ouvre ma main, il picore des miettes.

– Voudrais-tu aussi un chocolat ? lui demandé-je.

Le muezzin lance l'appel à la prière. Alors que je descends l'escalier, j'entends Mère et Hend prier dans la cuisine. Puis je distingue la voix d'Hamid. Il prie aussi.

Le rassemblement

Le ramadan est terminé. Il y a eu un calme précaire dans la maison pendant le mois sacré. Comme si Hamid attendait, nous donnait ce mois de répit. Tandis que je monte sur le toit pour nourrir Abdo, j'aspire à pleins poumons la tranquillité.

–Je suis heureuse de cette tranquillité sereine, dis-je à Abdo.

Je baisse les yeux vers la rue et vois Hamid sortir de notre maison. Il semble se diriger vers l'école, mais nous n'avons pas classe aujourd'hui : les écoles sont de nouveau fermées. Où va-t-il donc ? Je pense qu'il est devenu un combattant des pierres, mais a-t-il de plus grandes ambitions ?

Lorsque je redescends, je constate que Mère est partie travailler. Je ne lâche pas Hend d'une semelle pendant qu'elle s'occupe des tâches ménagères. Elle me tend un balai, et je commence par la cuisine. Mais mes mains tressaillent, elles ne font qu'éparpiller la poussière. Je dois recommencer sans cesse.

Les secousses en moi sont trop fortes. Je voudrais courir, sauter, hurler, jeter des pierres moi aussi, mais je n'ai pas le droit de quitter la maison. Alors, je monte et redescends les escaliers comme une flèche. Quand je suis trop fatiguée pour continuer, je grimpe sur le toit, mon coin protégé, pour retrouver Abdo. Abdo, qui reste au même endroit sans jamais changer. Je le caresse inlassablement jusqu'à ce que l'agitation cesse dans ma main.

À la fin de la journée, Hamid rentre, mais ne dit toujours rien. Ce soir-là, je dis à Abdo :

– Demain, je découvrirai ce que fait Hamid. Je le suivrai la prochaine fois qu'il sortira.

Le lendemain matin, alors que Mère et Hend sont parties au travail, j'entends la porte d'entrée se refermer. Je me précipite au rez-de-chaussée pour suivre Hamid. Arrivée dehors, je constate qu'Abdo est là aussi. Juste derrière Hamid. Au moment où je tourne à l'angle, Abdo a disparu et

Hamid est encore plus bas dans la rue. Je cours pour ne pas le perdre de vue.

Je sens à nouveau cette horrible odeur. De caoutchouc qui brûle. L'odeur de brûlé devient de plus en plus forte. Je vois Tariq sortir d'une embrasure de porte et rejoindre Hamid. Ils prennent une rue d'équerre et, quand je l'atteins, je vois un groupe d'hommes et du feu qui strie le ciel.

Il y a deux tonneaux en métal à chaque extrémité d'une estrade en bois. Des pneus brûlent tout près. Des flammes et d'épaisses volutes de fumée noire montent dans l'air. J'aperçois Hamid et Tariq à l'arrière du groupe. Un jeune homme de grande taille se tient près d'Hamid. Je ne le connais pas. Je me poste en face dans une embrasure de porte. Ils ne me voient pas, mais moi, je les vois bien. Je découvre Abdo posé au sommet d'un bâtiment voisin. Pourquoi s'est-il arrêté ici ? Comment puis-je l'attraper ? Peut-être qu'il surveille Hamid pour moi.

Des hommes à cagoules noires occupent le premier rang. Un orateur s'avance sur l'estrade. Lui aussi a la tête recouverte d'une cagoule noire. La fumée s'élève en tourbillons et le feu danse pendant qu'il parle. Ses mots résonnent jusqu'à l'embrasure sombre où je me cache.

–*Je cherche refuge en Dieu contre Satan le maudit. Ne prends pas pour des morts ceux qui ont été tués sur le chemin de Dieu. Oh non, ils vivent auprès de leur Seigneur, pourvus de leur attribution. La promesse de Dieu est vérité!*

Il semble citer le Coran. C'est sans doute une sorte de rassemblement religieux.

Je regarde Hamid. Il est captivé. Il boit ces paroles. Il ouvre et ferme la bouche. Il serre et desserre les poings.

–Nous ne déshonorerons pas nos héros, nos martyrs, en les oubliant. Aujourd'hui, nous honorons les martyrs. Ils sont prêts à sacrifier leur vie pour libérer notre peuple de l'occupation. Aujourd'hui, dans le monde entier, des gens luttent contre leurs oppresseurs. Certains mourront. Toute révolution a ses martyrs.

Tariq se tient là, figé. Même ses paupières sont immobiles. Je me demande s'il entend quelque chose. Peut-être qu'il est déjà en partie devenu pierre. Une pierre que quelqu'un ramassera et jettera sur un soldat. Des frissons m'envahissent, pourtant je n'ai pas froid. Je me tourne vers les hommes. Y a-t-il des membres du Djihad islamique ? Y a-t-il des membres du Hamas ? Y a-t-il un poseur de bombe ?

–Ceux qui sont morts allument les feux de la révolution, dit l'orateur en désignant les bidons et les pneus enflammés.

Puis il saisit un caillou et le brandit. Il montre un drapeau israélien sur le bâtiment où est posé Abdo.

–Nous arrêterons seulement lorsque les voleurs qui nous ont dérobé nos terres seront partis.

Il lance le caillou en direction du drapeau. D'autres hommes se mettent à lancer des pierres.

Je hurle :

–Abdo !

Je cours vers le bâtiment. À mon cri, Hamid se tourne vers moi, les yeux écarquillés. Il essaie de m'empoigner, mais je le frappe et l'évite. Il reste là, bouche bée. Le drapeau est déchiré, et Abdo a disparu. Je cours comme je n'ai jamais couru de ma vie, et quand j'arrive à la maison, je me précipite sur le toit. Abdo est là. Je l'attrape et le serre contre ma poitrine. Des torrents de mots sortent de ma bouche pendant qu'Abdo se tortille pour se libérer.

– Merci, mon Dieu. Il est vivant. Merci, mon Dieu. Il est vivant.

Je ris et suffoque à la fois. Au bout d'un moment, je me contente de rester assise en tenant Abdo. Mon cœur finit par se calmer, mais je repense alors au rassemblement, aux feux, à Hamid, et je sens les palpitations reprendre de plus belle. Que puis-je faire pour Hamid ? Je décide de lui parler demain matin, même si je ne sais pas bien ce que je lui dirai.

La discussion

Je me lève tôt pour nourrir Abdo, et quand je baisse les yeux vers la rue, j'aperçois Hamid qui sort déjà de la maison. Je hurle :

– Hamid !

Ma voix est trop aiguë, trop stridente. Je réessaie, mais cette fois-ci ma voix se brise.

Je descends discrètement et me précipite dehors. Je sais que je ne devrais pas marcher seule, mais Hamid ne voudra pas m'emmener, alors je suis bien obligée de continuer à le suivre en cachette. Il sera furieux s'il me découvre.

D'abord, Hamid passe prendre Tariq. Ils serpentent dans des ruelles. Ils ne tardent pas à s'arrêter. Un grand garçon sort d'un bâtiment vide en béton. Je le connais. Il était au rassemblement religieux. Ils disparaissent tous les trois à l'intérieur.

J'écoute sous une fenêtre, mais je n'entends que des bribes. « Bombe » et « semaine ». Quelle bombe ? Quelle semaine ? Une porte claque. Je bondis sur mes pieds et me mets à courir, en espérant que je retrouverai le chemin.

Lorsque j'arrive à la maison, Hend demande :

– Où étais-tu ? Dehors avec Hamid ?

Je fais oui de la tête.

– Et où est-il ?

– Toujours dehors, mais je savais que le temps passait, alors je suis rentrée.

– Mère est déjà partie travailler. Vite, prépare-toi pour l'école. Je t'accompagnerai, mais il faut que j'aille travailler aussi.

Cette journée de classe me paraît interminable. Je gigote, et je bous en dedans. L'institutrice me gronde parce que je ne suis pas attentive. Elle a raison. Enfin, l'école se termine, Hend vient à ma rencontre et me raccompagne. Je ne veux lui parler de rien.

Je rebondis sur le sofa en attendant le retour d'Hamid.

– Reste tranquille, dit Hend. J'essaie de regarder mon feuilleton.

–Je ne peux pas. Je sens des picotements partout.

Je suis soulagée de voir mon frère rentrer pour le souper. Après le repas, je lui chuchote :

–Hamid. Monte sur le toit avec moi.

Il rit. Je serre les dents. Je le regarde d'un air dur et chuchote encore :

–Il faut que nous parlions du rassemblement religieux.

Je sais qu'Hamid va venir. Il vient en effet.

–Je t'ai de nouveau suivi ce matin, dis-je. Pourquoi étais-tu avec le jeune homme du rassemblement ? Va-t-il poser une bombe quelque part ? Que vas-tu faire ?

–Arrête de me suivre ! ordonne mon frère en crachant ses mots.

–Père ne croyait pas aux actions terroristes, Hamid, et il a été tué par le Djihad islamique.

–Oui, c'est vrai. Mais Nasser et Mahmoud, alors ? Les Israéliens les ont tués. Sans raison. Sans aucune raison. Où est la différence ? N'est-ce pas aussi du terrorisme ?

Il m'empoigne par les épaules.

–Des innocents meurent dans les bus, dans les magasins, aux enterrements. Des innocents meurent pendant les guerres. Les Israéliens nous ont pris notre pays au cours d'un tel conflit. Ils ont aussi tué des femmes et des enfants. Nous menons une guerre, en combattant avec les seules armes que nous possédons.

Son regard est éclairé de l'intérieur.

Je me tortille pour me dégager.

–Veux-tu dire que Père avait tort ?

Hamid poursuit comme s'il ne m'avait pas entendue.

–Et si nous ne gagnons pas cette guerre, quel avenir aurai-je, Malaak ?

Je me tortille encore plus, mais ses grands bras me maintiennent loin de lui. Il a de la force.

–Lâche-moi, Hamid.

Alors, il se met à rire et laisse retomber ses mains.

–Fille chèvre. Mijotes-tu un coup de cornes ?

Je me frotte les épaules. Je suis furieuse contre lui.

–Mais tu dois honorer la vie de notre père.

Ma voix se brise malgré moi.

– C'était un homme bon et courageux.

Hamid se détourne et braque les yeux sur les toits.

– Dieu bénisse sa mémoire. Il était courageux, Malaak. Mais regarde, là, les habitants de Gaza. Et regarde, plus loin, les milliers et les milliers de réfugiés entassés dans les camps.

Ses yeux brillent de nouveau. Les lignes se sont durcies sur son front.

– Il n'y a pas de travail, pas d'espoir. Je ne veux pas vivre ainsi le reste de mon existence. Je ne dis pas que Père avait tort. Je ne cherche pas à le déshonorer, mais tel chemin est-il toujours louable et tel autre toujours condamnable ?

Ses yeux étincelants sont déterminés. Durs. Comme je ne réponds pas, il pousse un bref soupir. Son cou se raidit, et il fend l'air du bras droit.

– Pourquoi me donner la peine de t'expliquer ? Tu ne comprends pas, Malaak. Comment le pourrais-tu ? Tu n'es qu'une petite fille.

Mais à ces paroles, un flot de sang m'échauffe le cou, le visage. Ma voix monte dans les aigus.

–Oui. Oui. Rien qu'une petite fille.

Puis la colère jaillit de ma gorge :

–Mais le Djihad islamique pense-t-il aux gens qui meurent ? De vrais pères, de vraies mères et de vrais enfants meurent quand quelqu'un déclenche une bombe dans un bus ou dans une voiture. Le Djihad islamique pense-t-il à ceux qui restent ? Non, non !

–Toutes les guerres font des veuves et des orphelins, Malaak. C'est pareil aujourd'hui.

Hamid baisse le menton et se met à pousser une pierre avec le pied. Puis il relève les yeux et dit :

–Je te préviens. N'en parle pas à Mère, sinon…

–Sinon quoi, Hamid ? hurlé-je en dévalant l'escalier.

Je dors mal. Je m'enfuis devant un bus. Où que j'aille, il me suit. Derrière la maison, le long de mon école, sur la place du marché. Tous les réverbères sont cassés. Il n'y a pas de lumière. Seulement les phares du bus braqués sur moi. Je suis perdue. Je suis fatiguée. Je ne peux plus courir, et je m'effondre sur le sol. Je regarde le pare-brise. C'est

Hamid qui conduit. Un hurlement m'emplit le gosier. Je me réveille, une main plaquée contre la gorge, l'autre repoussant l'obscurité. Je suis inondée de sueur.

Le drapeau

–Malaak, es-tu réveillée ?

C'est le matin, et Hamid me secoue. Il va continuer jusqu'à ce que j'ouvre les yeux. J'entends Mère et Hend. Elles parlent dans la cuisine.

–Quoi ? dis-je, énervée.

–Je t'ai apporté quelque chose, dit Hamid.

Je me retourne et vois des couleurs vives dans sa main. Du noir, du rouge, du vert et du blanc.

–Te rappelles-tu le jour où Père et moi avons rendu visite à l'oncle Ayad ?

–Oui.

–Kufr Nameh n'est qu'un petit village perché sur une colline pierreuse…

Je l'interromps :

–Oui, oui, je sais. Avec des oliviers entre les maisons.

– Mais, comme j'allais le dire, ses habitants n'ont pas peur, Malaak. Des drapeaux palestiniens flottaient partout. L'oncle Ayad a descendu le drapeau de sa maison pendant notre visite. Il l'a donné à Père.

Je secoue la tête, impatientée.

– Et la famille de l'oncle a lancé des cris et des applaudissements. Je m'en souviens. Tu me l'as déjà raconté.

– C'est le drapeau en question. Père me l'a donné. Je l'ai caché.

Il ouvre les mains.

– Tiens. Il est pour toi. Prends-le.

Je prends le drapeau. Ce drapeau est passé entre les mains de mon père, ses mains tachées par les voitures. Il avait l'habitude de les laver avant le dîner et de me les présenter pour que je les inspecte. Je l'autorisais toujours à manger, même si je voyais encore les marques de graisse et les ongles noircis. Ce drapeau appartenait à ces mains. Si seulement je pouvais sentir leur chaleur à travers lui !

Je plonge mon regard dans les yeux implorants d'Hamid.

– Regarde-moi, Malaak. Je suis un combattant. Tu le sais. Il faut que je trouve mon propre chemin. J'ai la conviction que ce chemin apportera du nouveau.

– Je veux que tu sois en sécurité, vivant.

– Nous sommes en guerre, que tu le veuilles ou non. Père, Nasser et Mahmoud sont morts tous les trois. Et ils n'appartenaient pas au Djihad islamique. Où est la sécurité ? Je crois que personne n'est en sécurité. Plus maintenant.

Sa voix se brise, mais au bout d'une minute il reprend :

– Ils nous ont volé notre pays. Les mots et l'attente nous l'ont-ils rendu ? Pendant quarante ans, personne n'a écouté. Je ne crois pas que le chemin de Père, ses mots et sa patience, aient été efficaces.

Il ferme les yeux.

Il a réfléchi là-dessus. Il vit les choses en profondeur. Je vois une larme furtive glisser de sa paupière.

Je tends la main pour essuyer cette larme qui tremble à son menton. Hamid aussi souffre de l'absence de Père. Je mets le drapeau contre ma joue. C'est le plus beau cadeau que mon frère pouvait m'offrir. Plus précieux encore que ses poèmes.

–Le rassemblement auquel tu m'as vu et le rendez-vous d'hier avec le garçon seront notre secret, dit-il. Je suis triste que tu le saches. Je ne voulais pas que l'une de vous l'apprenne, à cause des ennuis qui pourraient en résulter. Moins vous en savez, mieux c'est.

Je hoche la tête. Ce qu'il dit semble vrai.

–Je crains que Mère le découvre aussi, et je sais qu'elle a besoin de l'apprendre par moi. Mais je ne peux rien lui dire maintenant. Je ne veux pas augmenter encore sa tristesse. Notre famille a trop souffert ces derniers temps, alors j'attendrai un moment plus favorable. Ce moment viendra.

Je serre le drapeau contre ma poitrine. Il est la preuve de la confiance qui nous unit, Hamid et moi.

–Je ne suis pas sûre qu'il y aura un moment plus favorable, et je ne change pas d'avis sur le Djihad islamique. Mais pour l'instant, Hamid, je vois que tu penses à Mère. Je garderai ton secret, pourtant il me fait peur. Promets-moi de le lui révéler bientôt.

–Je le ferai. Merci, Malaak.

Je serre Hamid dans mes bras, et quand il part, je niche au creux de mon cou la caresse du drapeau.

Les cours de conduite

En classe, l'institutrice parle de mathématiques, mais je pense à Hamid. Et si quelqu'un le voit à un rassemblement ? Il pourrait se retrouver en prison à ce simple motif. Il pourrait être emprisonné pendant un an sans qu'aucune accusation pèse même sur lui. Et s'il était battu et torturé ? Beaucoup de garçons subissent ce traitement.

L'institutrice passe à la géographie, mais pas moi. Et Tariq ? Comment Tariq pourrait-il survivre à la prison ? Je me souviens des paroles de Mère : « Je crois qu'il y a en Tariq un endroit où les mots ne vivent pas. Dans les profondeurs de son être. » Je me demande s'il se réfugierait dans cet endroit pour y rester définitivement.

À la sortie de l'école, je cherche Hamid des yeux, mais je ne le vois pas. Où est-il ?

Rula et moi attendons un moment, mais il n'arrive toujours pas.

Je commence à me demander si c'est bien normal.

–Peut-être qu'Hamid a eu des ennuis, finis-je par dire à Rula. Je suis tellement inquiète pour lui. J'aimerais te parler de mes craintes, mais je ne peux pas. C'est dangereux. Je crois que je ferais mieux de rentrer.

–Alors, à demain, dit Rula.

Je cherche Hamid durant tout le trajet de retour. Je ne le trouve pas. Je frappe chez Tariq, mais sa mère n'a vu ni Hamid ni lui. Où sont-ils donc ?

La peur me tord le ventre. Elle est plus forte que la tristesse. Elle essaie de me nouer la gorge, mais je résiste. Je cours à toute allure, je la repousse. Je prends tout droit vers la maison par la rue principale et monte sur le toit. Je scrute les rues, mais Hamid est invisible. En revanche, j'aperçois Hend. Elle se dépêche, elle court presque. Comme elle s'approche, je vois qu'elle a peur.

–Malaak ! appelle-t-elle.

Je dévale l'escalier.

–Me voici, Hend.

–Malaak, as-tu vu Hamid ?

–Non, je le cherche.

–Oh, alors c'était donc ça. Il m'a semblé le reconnaître dans une voiture.

–Quoi ? Avec qui ?

La sueur me coule sur la tempe. Mon rêve resurgit dans ma tête. Hamid dans le bus.

–Mère ne serait pas contente. J'ai entendu des rumeurs sur le jeune homme avec qui il était.

Elle baisse la voix et chuchote :

–Un fanatique religieux.

Elle reprend plus haut :

–Il ne faut pas qu'on voie Hamid avec lui. Vite ! Ils sont de l'autre côté du marché.

J'ai peur qu'Hamid aide le jeune homme à poser une bombe quelque part. Je ne le dirai pas à Hend. J'ose à peine y penser moi-même.

–Je viens avec toi, Hend. Et une fois là-bas, laisse-moi essayer de convaincre Hamid de descendre.

Nous zigzaguons à toutes jambes dans les rues étroites, au milieu de la foule. Nous coupons par des ruelles empierrées, par les passages. Devant nous, il y a un bâtiment couvert de graffitis. J'aperçois une voiture noire. La vitre arrière est étoilée de fissures. Le pare-chocs est cabossé. Il manque un feu. Le jeune homme est au volant. Hamid et Tariq sont sur la banquette, et la voiture roule lentement. Nous nous précipitons vers elle. Je suis plus rapide que Hend, et je cours pour doubler la voiture. Hend essaie d'attraper la poignée arrière droite mais se fait renvoyer comme une toupie. J'entends un juron dans la voiture, qui se met à ralentir. Je me plante devant. Je ferme les yeux et j'attends qu'elle me percute. Les freins crissent, Hend hurle, et Hamid pousse un cri.

Puis je tombe. Quand je rouvre les paupières, Tariq a son regard plongé dans le mien. Je distingue des paillettes dorées dans le marron de ses yeux. Derrière le marron, une lueur vacille. Quelle est cette lueur ? Hend et Hamid sont debout derrière lui.

– Tu dois avoir une bosse sur la tête, mais il n'y a pas de sang, dit Tariq.

Comme je ne réponds pas, il continue :

– Il n'y a pas eu de collision. Tu t'es évanouie.

Je tente de lever la tête, mais j'ai le vertige. Je referme les paupières.

– Tu es très courageuse, Malaak, dit Tariq.

– Je ne crois pas, dis-je. C'est mon père qui est courageux.

J'ouvre les yeux et lui souris, mais le sourire me semble de travers.

Hamid se met à disputer Hend :

– Que faites-vous ici ? Malaak aurait pu mourir.

Hend rétorque :

– Pourquoi es-tu ici ? Pourquoi es-tu avec lui ?

Elle désigne le jeune homme du rassemblement.

– J'ai entendu parler de lui.

Hamid continue à crier comme s'il n'avait rien entendu :

– File d'ici ! Tu ne pourras pas me retenir, Hend.

– Te retenir ? Te retenir de quoi ? hurle Hend.

Elle a les bras et le dos tendus, rigides, mais elle serre les poings.

Je me relève. Ma main me brûle, et je vois qu'elle est de nouveau écorchée. Puis mon genou m'élance, mes deux genoux. Je suis couverte d'écorchures. Des larmes flottent dans mes yeux et finissent par déborder. Tariq est près de moi. Ensemble, nous regardons Hend et Hamid.

À chaque mot, les mains d'Hamid boxent l'air. Chaque coup de poing se rapproche de Hend.

– File d'ici ! File d'ici !

– Nous ne partirons pas sans toi, réplique Hend.

Ma voix tremble lorsque je dis à Hamid :

– Si tu ne viens pas immédiatement, je ne tiendrai pas la promesse que j'ai faite quand tu m'as donné le drapeau.

Il pivote face à moi. Sa bouche s'ouvre et se referme. Ses bras retombent à ses côtés, mais sa main gauche continue à se crisper et à se décrisper.

Hamid regarde le jeune homme du rassemblement. Je l'avais oublié.

– À plus tard, Khalid, dit Hamid, puis il se tourne et se met en route.

Hend, Tariq et moi le suivons. Pendant le trajet, je ne peux pas m'empêcher d'observer Tariq du coin de l'œil. Je me demande s'il va en révéler plus.

Il marche à côté de moi, et il finit par dire :

– Malaak, savais-tu que j'étais avec mon père quand il est mort ? J'étais penché sur lui, comme je me suis penché sur toi, seulement il y avait du sang partout. Il avait reçu plusieurs balles. Je voyais l'os de son épaule. Des morceaux de muscle apparaissaient. J'ai essayé de rassembler tous les morceaux, mais ça n'a servi à rien. Il est mort malgré tout. Quand je t'ai regardée aujourd'hui, je me suis souvenu de ce moment, mais cette fois je savais que ce ne serait pas ma faute si tu ne survivais pas. Ce n'était pas ma faute non plus à l'époque. Personne ne peut rassembler tous les morceaux.

Je sens Tariq attendre, et je hoche la tête.

– Tu adores Hamid, alors tu fais ton possible. J'adorais mon père, mais…

Sa voix faiblit. Au bout de plusieurs minutes, il dit :

– Je suis heureux que tu n'aies rien, Malaak.

– Hum, pas tout à fait rien. Je sais que j'aurai mal partout demain.

Tariq rit, simplement, et je sais que quelque chose a changé en lui. Le chien blessé ne riait pas.

Les soldats

Je n'arrive pas à dormir. Il est sûrement très tard. Un parfum de cannelle flotte dans ma chambre. Je me demande si Mère prépare du *sahlab**. Quand je descends à la cuisine, elle et Hend boivent à petites gorgées.

– Voudrais-tu du *sahlab* ? propose Mère. Viens te régaler avec nous.

Elle verse le lait fumant dans une tasse minuscule et me la tend.

On tambourine à la porte d'entrée. Le son est bien trop dur pour des poings. Hend lâche sa tasse. Son visage se décolore. Puis des taches rouges lui enflamment les joues. Hamid dévale l'escalier.

– Pourquoi les soldats viennent-ils ici à cette heure de la nuit ? demande Mère.

Elle s'avance lentement vers la porte. On tambourine de nouveau.

–Monte sur le toit, Hamid! Cours te cacher! chuchote Hend.

–Ouvrez! crie un soldat.

Viennent-ils chercher Hamid?

Mère ouvre la porte, Hend sur ses talons. Deux soldats israéliens sont là. L'un est grand, il a des sourcils hérissés et une barbe zébrée de gris. L'autre, courtaud, a la figure boudinée et un ventre qui plisse par-dessus sa ceinture. Il a l'air jeune.

–Vous devez payer votre facture d'électricité, dit le soldat courtaud.

Mère reste bouche bée. Un couinement lui échappe. Hend pouffe de rire.

–C-c-comment? finit par bégayer Mère.

Je sais que si je croise le regard de Hend, je vais avoir des problèmes. J'essaie de ne pas perdre mon sérieux. Mère tourne le dos aux soldats et nous fait les gros yeux.

–Votre facture d'électricité, répète l'autre soldat, le plus grand. Il se fait tard.

–Oh, dit Mère. Oui, il est presque minuit.

–Non, dit le soldat boudiné. Il se fait tard pour votre facture.

Un rire éclate enfin. Je ne peux pas le retenir. Il y a deux minutes, je croyais qu'ils allaient arrêter mon frère, et au lieu de ça, ils réclament une facture qui tarde. En plus, ma mère ne comprend pas s'il se fait tard pour nous ou pour la facture. Bientôt, Hend et moi nous tenons les côtes, pliées en deux. Nous rions aux larmes. Les muscles du ventre me tirent.

Je crois que Mère se demande qui sont les plus fous : les soldats, ou Hend et moi. Elle part vers la cuisine et en ressort avec de l'argent à la main.

– Tenez.

Elle glisse les billets dans la main du grand soldat. Ils s'en vont. Elle referme la porte et se tourne vers nous.

– La semaine dernière, Lorette m'a parlé de ces visites, mais j'avais oublié. Êtes-vous devenues folles, les filles ? Ils auraient pu vous exécuter.

Lorette est une amie de ma mère qui habite le quartier. C'est une chrétienne palestinienne. Mère hausse les épaules et parcourt la pièce des yeux.

– Où est Hamid ?

Je suis trop exténuée pour parler.

–En haut, répond Hend.

–Ramène-le, dit ma mère, et je cesse de rire.

Ses lèvres sont serrées. Je vois la veine de sa tempe tressauter. Elle s'appuie contre le mur en attendant. Je m'assois à la longue table au bout de la pièce.

Le toit n'est pas loin, pourtant il semble que Hend et Hamid mettent longtemps à revenir dans le salon. Hend regarde Mère, mais Hamid a les yeux braqués sur moi. Je secoue légèrement la tête de droite à gauche.

–Pourquoi as-tu dit à Hamid de se cacher, Hend ? Croyais-tu que les soldats le cherchaient ? demande Mère.

–Imbécile, dit Hamid à notre sœur.

–C'est toi l'imbécile, Hamid, rétorque Hend d'une voix aiguë. Dis-le à Mère. Dis-le-lui. Sinon je le ferai.

–Je suis encore trop jeune pour le Djihad islamique, mais le moment venu, je m'engagerai. D'ici là, je participerai au combat de toutes les manières possibles.

Ma mère recule brutalement puis se plie en deux. Elle a des haut-le-cœur comme si elle voulait s'empêcher de vomir. Elle plaque ses mains sur sa bouche. Elle se redresse. Les mots s'échappent, hachés, d'entre ses doigts.

–Comment… pourrais-tu… faire partie d'un groupe… qui a tué ton père ? Comment pourrais-tu poser une bombe meurtrière ?

Mère retire ses mains de sa bouche et les ouvre devant elle, implorante.

–Jamais mon fils…

Elle se met à pleurer. Les larmes s'écrasent sur ses paumes. Elle reprend et parvient à dire :

–Jamais mon fils ne sera membre du Djihad islamique.

Et elle pleure plus fort.

–Je… commence Hamid, puis il s'interrompt parce qu'elle se détourne de lui.

Elle tend les mains dans un geste d'aveugle qui cherche son chemin à tâtons. Ses doigts heurtent la photo dorée de Jérusalem accrochée au mur, et le tableau tombe par terre. Le verre se brise en mille morceaux et le cadre se fend.

Mère continue à marcher les mains tendues comme si elle suivait le mur, mais elle traverse la pièce jusqu'à l'escalier qui mène à l'étage. N'a-t-elle pas entendu la photo tomber ?

Hend regarde Hamid et hurle :

– Tu dois garder tes distances avec le Djihad islamique ! Compris ?

Puis elle s'élance derrière Mère.

Je ramasse le tableau et tente de sortir la photo du cadre fendu, mais je m'aperçois que du sang ruisselle de ma main. Je ne sens même pas la douleur, parce que le verre cassé en moi me déchire les entrailles, la gorge.

J'ai peur que le verre jaillisse de moi, alors je secoue le cadre fendu. Cet idiot de cadre me rend furieuse de toute manière. Il est impossible à réparer. J'arrache le dessus et je le jette dans un coin.

La main gauche se met à m'élancer terriblement. Quand j'ai secoué le cadre, j'ai serré encore plus fort de cette main, et la coupure est encore plus profonde. Il faut que je dégage la photo avant de saigner dessus et de la salir. Je tire et la photo vient, mais un angle se déchire.

À cette seconde, la douleur jaillit de moi, et je ne peux pas l'arrêter. Je m'assois par terre. J'aspire l'air à grandes goulées précipitées. Les larmes roulent sur mes joues tandis que j'appuie pour empêcher le sang de couler.

–Je l'ai déchirée, dis-je.

Je vais dans la cuisine chercher un chiffon pour me bander la main. Puis je reviens ramasser la photo et enlever du mur l'autre photo de notre famille.

Pendant tout ce temps, Hamid a gardé les yeux braqués sur l'endroit où était Mère quand il a prononcé pour la première fois les mots « je m'engagerai ». Je m'avance vers lui. Pour l'instant, Mère a Hend auprès d'elle. Hamid a besoin de moi. Je plonge mon regard dans ses yeux. Ils sont profonds. Loin en eux, il y a les paroles de Mère : « Jamais mon fils ne sera membre du Djihad islamique. » Je prends la main d'Hamid, et nous montons sur le toit. Il contemple la lune.

Je regarde les photos jusqu'au moment où j'ai sommeil. Je me lève pour descendre, et Hamid fait pareil.

–Ne te désespère pas, Malaak. Tu as seulement déchiré la photo. La vie de Mère était déjà déchirée.

Je regarde la photo de Mère à travers mes larmes. Hamid continue :

– Ce ne sera plus jamais Jérusalem 1946, et ce ne sera plus jamais notre famille. Père, Mère, Hend, toi et moi. Cette image aussi est déchirée.

Nous descendons l'escalier du toit et rentrons. Hamid me suit dans ma chambre et déclare, d'une voix qui résonne au cœur de la maison muette :

– Je ne m'engagerai pas dans le Djihad islamique. Je ne poserai pas de bombe.

Puis c'est le silence.

La trêve

Le lendemain matin, je me lève en même temps que Mère et Hend. À la fin de la prière, j'ajoute mes remerciements particuliers :

– Et je vous remercie, mon Dieu, qu'Hamid ne veuille plus s'engager dans le Djihad islamique, ni aider le garçon qui conduisait la voiture.

Toute la journée, je me sens très heureuse pour Hamid. En rentrant de l'école, Rula et moi décidons que j'irai chez elle demain, si ma mère me donne la permission. Rula tourne dans sa rue ; peu après, Hamid et moi dépassons un groupe de femmes qui obéissent aux préceptes d'un groupe islamique extrémiste. Leurs voiles noirs les recouvrent de la tête aux pieds. Elles se rassemblent et nous fixent de leurs yeux de corbeaux, rétrécis. Je frissonne et traverse la rue.

Hamid a pressé le pas. J'accélère, mais la peau de mes avant-bras me picote et les petits poils se hérissent. Quelqu'un me surveille. Ce ne sont pas les femmes voilées. Elles sont derrière moi désormais et parlent entre elles. Je m'arrête et tends le cou vers notre rue étroite. Il y a un soldat israélien pas loin de notre maison. C'est nouveau. Le soldat semble à peine plus âgé que Hend. Il se balance d'avant en arrière, d'un pied sur l'autre. Il a un visage maigre. De la main gauche, il tire sur la pointe d'une fine moustache. Il scrute la rue. Je baisse la tête avant que ses yeux croisent les miens, mais je les sens me suivre jusqu'à la maison.

Pourquoi est-il là ? Pour alerter en cas de violence ?

Je croyais qu'Hamid était entré dans la maison, mais je me trompais. Il a dû aller dans le passage. Je vais voir mais il n'y est pas.

Je me dépêche de monter sur le toit nourrir Abdo et, de là-haut, j'en profite pour chercher mon frère. Ce soldat me fait peur. Je me souviens des paroles d'Hamid : « Où est la sécurité… maintenant ? » Je suppose qu'il est dehors avec Tariq. Je m'étire pour regarder. Et j'aperçois Hamid qui sort de chez Tariq.

Le soldat fixe des yeux la partie de la rue où sont Hamid et Tariq. Je me rapproche. Je sens des nerfs se tendre en moi. Le soldat regarde Hamid passer de notre côté. Il regarde Hamid entrer dans notre maison. Je recule et me penche pour prendre Abdo. J'entends un galop de pas. Hamid et Tariq arrivent sur le toit. Hamid se baisse et nous rejoint en rampant, Abdo et moi.

– Le soldat est-il toujours là ? demande-t-il.

– Oui.

Hamid repart en rampant, lâche quelque chose et redescend avec Tariq.

Je me dirige vers l'escalier et je vois qu'Hamid a laissé une pierre près des marches. Il y en a une deuxième. Peut-être que c'est Tariq qui l'a posée.

Ils prévoient sûrement de jeter des pierres du haut du toit. En général, les garçons se postent dans la rue. Je ramasse les pierres, mais elles pèsent si lourd au bout de mes bras que j'ai envie de les reposer tout de suite. Elles me tirent vers le fond, elles m'entraînent.

Même s'il ne s'engage pas dans le Djihad islamique, Hamid reste un combattant. Un combattant des pierres, avec un poing comme un roc. Il n'abandonnera pas, j'emporte donc les pierres, me glisse dans le passage et les mets là, sous la corde à linge.

Ce soir-là, pendant le repas, l'atmosphère est oppressante. Hamid a la mine sombre, et il fronce les sourcils en me regardant. Puis il baisse les yeux, ouvre son pain et reste muet. Il y a un silence entre Mère et Hamid. Et un silence qui s'installe dans mon ventre. Il ne me plaît pas. Il prend de la place, alors que j'avais déjà du mal à manger. Je n'ai plus qu'à renoncer.

Ce silence n'est pas comme avant. Ce n'est pas l'obscurité qui me comprime, ni un endroit sans mots qui cherche à m'engloutir. Je le reconnais. C'est le silence de la nuit dernière qui se prolonge, un silence fait de non-dit, de morceaux déchirés, de verre brisé. De toutes les choses irréparables. Je regarde la tête courbée d'Hamid.

Allongée dans mon lit, j'entends de légers pas traînants au-dessus de moi. Il y a quelqu'un sur le toit. C'est sans doute Hamid. Et soudain je comprends ce qui me pesait aussi sur l'estomac pendant le dîner, ce qui m'a empêchée de manger au début. C'était un poing. Un poing de terreur glacé.

« Surveille-le, Abdo. » J'envoie ma pensée vers le plafond, en direction du toit. Au bout d'un moment, le silence revient. Je pense à la visite demain chez Rula. Quand j'ai demandé à Mère cet après-midi, elle m'a donné la permission. Penser à la visite chez Rula ne m'inquiète pas, et je m'endors.

L'incident

Le lendemain matin, je cours sur le toit nourrir Abdo, puis je vérifie s'il y a des pierres. J'en vois quelques-unes, alors je les descends et les cache sous mon matelas. Je les emporterai dehors plus tard, quand personne ne le remarquera.

Après l'école, sur le trajet jusque chez Rula, la rue est silencieuse. Hamid nous accompagne sans rien dire. Il y a une mise en garde dans le silence. Sous sa voûte d'entrée en pierre, une femme en robe turquoise me glisse un regard, la main serrée autour du bras de son enfant. Elle ne sourit pas. Des rides inquiètes lui creusent le visage. Elle murmure :

– Dieu est le plus grand, Dieu est le plus grand.

Rula habite un appartement au bas d'un pâté d'immeubles carré. Nous pénétrons dans la chaleur ensoleillée du séjour, où la mère de Rula est assise sur le sofa. Son visage est maigre. Elle a des cernes noirs sous les yeux. Elle porte un *thaub** rayé bleu et rose et un *hidjab* blanc vaporeux.

– Bienvenue.

– Voici ma mère, Fida, dit Rula, et voici (elle montre une autre femme debout dans l'entrée) ma tante Halima.

– Que la paix t'accompagne, dit Halima.

– Qu'elle vous accompagne aussi, lui dis-je.

La mère de Rula tend les bras vers sa fille, qui vient la rejoindre sur le sofa en courant. Elles s'embrassent.

Halima apporte du thé et des gâteaux. Je me coule dans ce monde de friandises et de lumière. Elles parlent toutes les trois, mais je n'écoute même pas. Je suis installée dans ce lieu protégé, entourée par le bourdonnement chaleureux des voix.

Nous bavardons un moment. Puis Rula dépose un baiser sur la joue de sa mère, et nous allons dans la chambre. Près de son lit, Rula a un bloc de feuilles. J'attrape le bloc et je commence à dessiner des oiseaux. Puis la moitié de la page se transforme en bosquet d'oliviers, que les oiseaux survolent. L'autre moitié se transforme en maison à deux étages, pleine de fenêtres et de balcons.

– Malaak, dit Rula, tu es très douée. Tu pourras devenir artiste quand tu seras grande. Tes dessins te rendront célèbre. Ils entreront dans des musées à Jérusalem. Et ensuite, bien sûr, il faudra que nous allions les voir.

Je ris et lui réponds que je n'ai pas fait assez de dessin.

– Je serai poète. Avant, Hamid écrivait des poèmes, Rula. Il en a tout un cahier. Mais il affirme que ce n'est plus le moment.

Rula baisse le menton et dit d'une voix grave :

– Nous avons des occupations plus importantes aujourd'hui.

On dirait vraiment Hamid.

– Ne lui révèle pas que je t'ai parlé de ses poèmes. Il ne se considère pas très doué. Mais, à mon avis, ses poèmes sont exceptionnels.

– Promis, Malaak. Je ne dirai rien.

– Te rappelles-tu le jour où nous l'attendions après la classe et où je m'inquiétais parce qu'il n'arrivait pas ? C'était qu'il projetait de s'engager dans le Djihad islamique. Il allait à des rassemblements religieux. J'avais si peur ; mais il a changé d'avis. Voilà même pourquoi je peux t'en parler.

–Je comprends la peur que tu avais.

–Mais j'ai toujours peur.

–À cause de quoi ?

–Il entrepose des pierres sur le toit pour bombarder quelqu'un. Je les ai descendues, mais je ne pense pas réussir à le dissuader. Je ne veux pas qu'il combatte du tout. J'ai perdu mon père, et je ne veux pas perdre mon frère.

–Comme je te comprends. Mon père est en prison, et ma mère était si malade, je redoutais qu'elle meure. Je ne l'aurais pas supporté.

Dans l'autre pièce, Halima appelle :

–Rula, Malaak, venez. Nous allons te raccompagner jusque chez toi, Malaak.

Alors que nous sortons de sa chambre, Rula me presse la main et chuchote :

–Je ne parlerai d'Hamid à personne.

Nous marchons toutes les trois en direction de ma rue. Quand nous arrivons à l'angle, je les remercie, et elles font demi-tour pour rentrer chez elles.

Le soldat est toujours en face, mais il ne se balance pas, ses jambes sont raides. En m'approchant, je distingue un muscle noueux dans sa mâchoire et dans son cou. Sa main ne tire plus sur sa moustache. Elle tient son arme en biais devant lui, comme un bouclier. Il braque les yeux sur le moindre passant, le moindre mouvement. Quelque chose a dû se produire. Il me dévisage, et alors je sais. Il a peur. Il est tout seul dans ma rue, et il éprouve la même terreur que moi.

Je fais irruption dans la maison en criant :

– Est-il arrivé quelque chose ?

Je veux dire par là : « Hamid a-t-il tenté quelque chose ? »

J'entends du bruit dans la cuisine, et je m'y précipite. Hend prépare le dîner.

– Hamid est-il à la maison ? demandé-je.

– Non. Il était ici tout à l'heure, avec Tariq.

Je monte à toutes jambes sur le toit. Il y a de nouvelles pierres dans le coin. Hamid continue le combat. Par-dessus le bord du toit, je regarde en direction du soldat. Il a la tête levée vers moi. Je me baisse, m'empresse de respirer, mais le sang martèle mes oreilles, mon visage, mes paupières. Je ferme les yeux.

Puis je les rouvre, et Abdo est posé sur mon genou, à me contempler. Je reste un moment sur le toit.

Quand vient l'heure du repas, je descends manger. Je suis accueillie par les cris d'Hamid. Tariq marche sur ses talons. Mon soulagement à les voir disparaît dès que mon frère prend la parole :

– Un incident, dit-il.

– Quel genre d'incident ? demande Hend.

– Assieds-toi et mange avec nous, dit Mère à Tariq.

– Et vous nous expliquerez, dit Hend.

Je sens la main crispée dans mon estomac, le gonflement qui me coupe l'appétit. Mais je suis déterminée à manger. J'empoigne un morceau de fromage. J'avale des falafels à la sauce tomate. « Hamid est en sécurité, me dis-je. Peu importe les incidents. »

– Un Israélien rentrait chez lui dans la colonie de Gush Katif, près du camp de réfugiés de Khan Yunis. Sa voiture est tombée en panne, il est parti chercher de l'aide. Sa plaque d'immatriculation jaune a été repérée, dit Hamid.

Tariq enchaîne :

–Un homme lui a tiré dessus.

Mère apporte des oranges.

–Veux-tu de l'eau ? dis-je à Tariq.

Je bois un verre entier moi-même. Je crois que j'ai encore de la place pour une orange.

–Y aura-t-il un couvre-feu ? demande Hend.

–J'imagine, répond Tariq.

Ma mère gémit :

–Tuer des colons. C'est un tort. De nouveaux ennuis s'ensuivront.

–Ils amènent de nouveaux soldats. Ils établissent des bases dans la ville, ajoute Hamid.

Le thé brûlant m'inonde la gorge. Je choisis une orange, puis la repose sur la table. Cette gloutonnerie n'a pas chassé la peur. Elle est toujours là.

Tariq saisit une orange, se tourne vers ma mère et la remercie pour le repas. Puis il s'en va. Hend, Hamid et moi nous asseyons devant la télévision, mais je ne sais pas bien de quelle émission il s'agit. Je regarde sans voir.

Les explosions

Ma mère m'appelle pour le petit déjeuner. Je titube hors de la chambre, mange et retourne me coucher juste un moment. Quand je me réveille, j'ai l'impression qu'il y a beaucoup de lumière. Pourquoi Mère ne m'a-t-elle pas réveillée à l'heure de l'école ? Je vais dans la cuisine : elle est en train d'aplatir de la pâte.

– Pourquoi ne m'as-tu pas appelée pour la classe ?

– Après l'incident d'hier au soir, les autorités ont de nouveau fermé les écoles.

L'histoire me revient. Je jette un coup d'œil dehors. La rue est déserte. Je regarde à l'angle, pour voir si le soldat y est toujours, mais il est parti.

Nous entendons alors un « bang ! » comme dix coups de tonnerre réunis. Une explosion ! Au bout d'une minute ou deux, je sens une secousse ébranler notre maison, puis j'entends un grondement de pierres et de blocs qui s'effritent et tombent. Je regarde ma mère. Elle pleure.

– Ils détruisent des habitations, chuchote-t-elle. En représailles de l'incident.

Hamid descend l'escalier, entre dans la pièce, et nous entendons une autre explosion, plus forte que la première.

– Ça paraît tout proche. Je me demande si c'est à Beach Camp. Il y a plusieurs maisons touchées, je crois, dit-il.

Je me blottis près de Hend en me bouchant les oreilles. Elle fait pareil. Beach Camp est seulement à quinze minutes à pied de Rimal. Une troisième explosion se produit. Je veux qu'elles s'arrêtent. Je me rappelle le jour où j'avais demandé à mon père d'arrêter la pluie, quand j'étais petite. La pluie ne s'était pas arrêtée à l'époque, et à présent une nouvelle explosion retentit.

– Les gens vont être dans une fureur terrible.

Ma mère ne pleure plus. Elle secoue la tête et va dans la cuisine.

Quand le vacarme cesse, je me précipite sur le toit pour vérifier qu'Abdo n'a rien. L'air est plein de poussière et j'agite les bras dès que je sors, mais je ne réussis qu'à soulever un nouveau nuage. Je plaque ma main sur ma bouche et mes narines et respire lentement.

Mais Abdo n'est pas là. Les explosions étaient proches. Il n'y avait jamais eu de détonations aussi fortes à proximité de notre maison. Ont-elles fait fuir Abdo ? J'attends perchée sur le toit tout l'après-midi, mais il ne revient pas. J'entends l'appel à la prière de l'après-midi. Je descends pour le dîner. Pendant le repas, nous gardons le silence.

Après manger, je remonte sur le toit. Hamid vient s'asseoir à côté de moi.

–Je crois bien qu'Abdo est parti pour de bon. Les explosions étaient trop proches, elles ont dû l'effaroucher, dis-je.

–C'est possible, Malaak.

–Père me l'avait envoyé.

–Je sais. Il savait que tu avais besoin de lui.

–Oui, dis-je.

–Peut-être que Père sait aussi qu'Abdo a besoin de voler ; de voler loin d'ici, parce qu'un oiseau en a besoin.

Puis Hamid récite son poème *Petit oiseau* :

–Petit oiseau, petit oiseau,
Pourquoi ne voles-tu pas là-haut ?
Y a-t-il trop de barrières dressées ?
Trop de frontières à traverser ?
Es-tu affamé ou perdu ?
Es-tu malade ou abattu ?
Montre-moi tes ailes…
Petit oiseau, elles sont coupées.

Petit oiseau, petit oiseau,
Ne regarde pas le ciel.
Chante dans la poussière,
Gratte le sable et la terre,
Sautille dans les fossés,
Picore avant d'être blessé.
De pierres tu te nourris,
Et la rue te sert de nid.

–Tu as sûrement raison, Hamid. Je veux qu'Abdo s'envole loin du danger. Mais il va me manquer.

Mes yeux deviennent humides.

–Et tu monteras encore le guetter ici. Viens, descendons.

Il m'aide à me lever.

Le lendemain, il n'y a toujours pas d'école. Mère et Hend vont travailler. Hamid sort de la maison, et je l'accompagne. Il ne me défend pas de venir. Nous marchons sans parler. Hamid scrute sans arrêt les passages. Il y a très peu de gens dans les rues. Nous serpentons vers la mer, en direction de Beach Camp.

Je suis contente d'être avec mon frère : me protéger l'empêchera peut-être de prendre des risques.

Nous sommes au bord du camp où a eu lieu le bombardement. Une foule énorme est rassemblée.

Un morceau de béton tordu avec des tiges d'acier pointées dans tous les sens m'indique l'ancien emplacement d'une maison. À côté du bloc, il y a un amas de tissu et de bois noirci. Une chaise ?

Le soleil scintille sur des éclats de verre éparpillés entre les pans de mur. Une jeune femme erre dans cette maison squelettique. Son visage est barbouillé de suie. Ses yeux sombres explorent les cendres, à la recherche de quelque chose.

Un homme dit à Hamid :

– Les Israéliens ont bombardé la maison sous prétexte que le neveu du mari était un instigateur.

– Un instigateur de quoi ? demandé-je à Hamid.

L'homme m'entend et dit :

– Personne ne sait de quoi le neveu était accusé. Il n'avait jamais eu affaire à la justice. Regardez la femme qui fouille dans les décombres. J'ai appris qu'elle et son mari venaient d'emménager à leur propre étage de la maison de famille. Un étage neuf. Ils avaient attendu cinq ans le permis de construire.

Cinq autres maisons du même pâté ont été bombardées. Pour donner l'exemple. Des murmures s'élèvent partout dans la foule. Ils attisent une colère montante, qui échauffe les hommes et les garçons.

Un inconnu me hurle :

– Holà !

J'ai reculé sans m'en rendre compte, et je lui ai marché sur le pied. Je bondis et percute Hamid.

– Viens, Malaak.

Hamid me tire par le bras.

– Il faut partir d'ici avant qu'il arrive quelque chose.

Alors que nous nous éloignons, il me dit :

– Cette pauvre jeune femme. Elle me rappelle Hend. Elle attend que l'intifada se termine, elle attend de l'argent, elle attend le mariage, elle attend un permis de construire. Elle attend que son immeuble se fasse bombarder.

– Hend qui attend de voir, dis-je.

Hamid a raison. Pauvre Hend. Sa vie passée à attendre m'attriste. Je soupire et ces pensées accablantes me quittent. Nous rentrons à la maison.

Le lendemain, seules les écoles primaires rouvrent. Hamid m'emmène en classe. Sur le trajet, il parle à ses amis. Lorsqu'il me laisse devant l'école, j'aperçois la flamme dans ses yeux. Un avertissement ? Que va-t-il faire ?

Pendant la classe, je parle tout bas à Rula du bombardement.

–Ma mère ne me permettrait jamais d'aller voir, dit-elle.

–La mienne non plus, lui dis-je. Mais elle et Hend étaient au travail, alors j'y suis allée avec Hamid.

–Tu es si courageuse, Malaak.

Nous lisons un texte sur les arbres. Je lis une ligne sur les eucalyptus et ferme les yeux pour imaginer leurs feuilles argentées, mais à leur place surgissent des moignons de meubles brûlés auxquels pendent des lambeaux de vêtements.

Je lis une autre ligne, sur les palmiers aux troncs robustes. Je me représente un arbre dont les feuilles s'incurvent vers le soleil comme des mains levées. Mais l'arbre devient une jeune femme fragile qui fouille, fouille dans les restes noircis.

Je regrette d'avoir vu les maisons.

Les pierres

Après l'école, Rula rentre chez elle avec sa tante. Hamid m'attend, mais il me salue, rit et part en courant. Il bondit d'un passant à l'autre. Il déborde d'énergie. « Les nerfs », dirait Hend. Je m'efforce de rester avec lui, mais il zigzague en tous sens dans la rue.

– Hamid, Hamid, attends. Ralentis.

Il se tourne vers moi et rit.

– Désolé, dit-il.

Il s'arrête près du vendeur de tomates devant qui nous passons tous les jours en rentrant, et prend la cigarette dans la main de l'homme. Il en tire une bouffée, tousse, la jette par terre et traverse en courant. Il arrive près des deux vieux joueurs de cartes, se sert dans leur paquet, plaque la carte au milieu de son front, y dépose un baiser puis la jette par-dessus son épaule.

Je n'ai jamais vu Hamid dans une telle agitation. Je voudrais l'attraper et l'attacher. Que va-t-il encore inventer ? Nous atteignons notre rue et tournons à l'angle.

Hamid s'élance à toutes jambes vers notre maison. Tariq sort de chez lui en courant à la suite d'Hamid. Il devait le guetter. Étaient-ils perchés sur le toit, dans l'attente d'un soldat, avant qu'Hamid vienne me chercher ? Est-il nerveux et agité parce qu'il espère un combat de pierres ? Une Jeep vrombit derrière moi.

Je recule d'un bond et percute un mur de plein fouet. J'ai presque le souffle coupé. Dans la Jeep, il y a le soldat de notre rue. Il sort du véhicule et entre dans un bâtiment face à notre maison. J'ai les bras tendus de chaque côté de moi. Je repousse le mur. Je veux ralentir les événements. Tout se déroule beaucoup trop vite. Puis je marche vers notre maison. Hamid et Tariq tournent dans le petit passage latéral.

J'entends un galop de pas et je lève la tête. Debout sur le toit d'en face, le soldat met son casque. Ce bâtiment doit être une base. Les soldats israéliens installent des postes de guet dans différents lieux de la ville quand ils prévoient des violences. Je m'avance dans la rue et lève les yeux vers notre toit.

Le visage scrutateur d'Hamid apparaît tout au bord, avec celui de Tariq. Ils ont pris l'escalier du fond pour monter. Une main gigantesque à l'intérieur de moi me propulse vers notre maison. Je hurle :

– Non, non !

Je fonce de toute la force de mes jambes et de mes bras. Je traverse la maison et me précipite sur le toit. J'y suis presque lorsque le soldat crie :

– Lâchez les pierres. Arrêtez les jets.

Sa voix tremble. Il a si peur. « Oh, mon Dieu, pensé-je, le soldat est prêt à n'importe quoi. Il serait capable de tirer. Ralentissez tout. »

Je vois le torse d'Hamid et son bras qui se plie en arrière. À l'instant où il lance, je hurle :

– Arrête !

Tariq lance sa pierre au même moment.

J'atteins la dernière marche et court vers Hamid. Il court vers moi et hurle :

– Redescends !

J'entends le coup de feu et Hamid s'écroule sur moi. Nous tombons sur le toit. Je me cogne la tête et gémis. Hamid pèse sur mes jambes.

– Hamid, dis-je, mais il ne répond pas. Hamid !

« Non, ce n'est pas possible. » J'ai l'impression de flotter au-dessus de nous, en spectatrice, puis j'entends « Fais quelque chose » dans ma tête, et je me dresse sur mon séant. Le visage d'Hamid est tourné vers moi, mais il a les yeux fermés. L'affolement bat dans mes tempes lorsque j'aperçois le sang derrière sa tête.

« Fais quelque chose. »

– Aide-moi ! hurlé-je à Tariq, qui est planté là, les yeux fixés sur Hamid, bouche bée.

Il dégage mes jambes.

– Va chercher Mère ! hurlé-je, et Tariq dévale l'escalier.

Alors que j'attends, je respire le sang d'Hamid, sa sueur. J'ouvre la bouche et halète. Le battement affolé augmente dans mes tempes. Il me remplit le crâne. Bientôt, il y a une flaque rouge sous la tête d'Hamid. Mère accourt, Hend sur ses talons. Ensemble, elles soulèvent Hamid et le portent.

« Fais quelque chose. »

Le battement vibre dans mes oreilles. Je dévale l'escalier, Mère et Hend me suivent, chargées d'Hamid.

Je déboule dans la rue en criant :

– Aidez-nous ! Aidez-nous !

Je vois le soldat de la base se précipiter vers moi. Je hurle, mais il continue à la poursuite de Tariq, qui louvoie entre les groupes de gens. Mère et Hend essaient de franchir notre porte, Hamid dans leurs bras.

Une fois dans la rue, Hend crie :

– Il nous faut une voiture !

Des gens sortent en courant de chez eux. La foule ne tarde pas à nous entourer. Un grand homme au front large et aux sourcils broussailleux se détache. Il a des épaules solides et des bras robustes.

– Tenez, laissez-moi le transporter.

J'entends le vrombissement des Jeep qui remontent notre rue.

Mère crie à Hend :

– Préviens la mère de Tariq.

Ma sœur se fraye un chemin dans la foule et s'éloigne en courant.

L'homme qui transporte Hamid accélère, et Mère et moi le suivons. Une voiture s'arrête et nous nous tassons à l'intérieur. Nous roulons vers Palestine Square et l'hôpital Ahli Arab. C'est le plus proche de chez nous.

L'hôpital

Nous sortons tous du taxi, et l'homme se précipite dans l'enceinte de l'hôpital, Hamid dans ses bras. Nous le suivons, et je cligne des yeux devant la clarté parfumée tandis que nous longeons les bâtiments extérieurs, au milieu des fleurs et des buissons : des marguerites, des bougainvilliers, des capucines et des hibiscus. Je distingue chaque fleur, nette et isolée.

Nous entrons dans la toute petite salle des urgences. Si propre. Très claire elle aussi. Je ferme les paupières. La clarté aggrave le battement dans ma tête. Peut-être que des soldats y circulent, leurs lourdes bottes aux pieds.

Un médecin arrive et examine Hamid.

– Ça semble très grave. C'est une blessure à la tête, et il a perdu beaucoup de sang. Il va falloir l'opérer. Êtes-vous d'accord ? demande-t-il à Mère.

– Faites tout ce que vous pouvez pour lui, répond Mère.

Ils l'emmènent en salle d'opération.

Mère va et vient dans un espace minuscule de la salle des urgences. Des gens reculent pour qu'elle ait plus de place. Je me laisse glisser par terre. Je vois qu'il y a du sang sur mon chemisier, sur ma jupe. Je ferme les yeux, mais le visage d'Hamid m'apparaît. Que va-t-il lui arriver ? Survivra-t-il ?

Si seulement j'avais su ce que signifiait cette énergie fiévreuse ! Lui et Tariq sont sans doute restés sur le toit la moitié de la journée, à planifier leur combat de pierres, à guetter un soldat. Et pourtant Hamid est venu me chercher à l'école. Mon protecteur.

Je le revois courir dans la rue, parler au vendeur de tomates et aux vieux joueurs de cartes. Oh, Hamid !

Si seulement j'avais atteint le toit plus tôt ! La dernière fois que j'y suis montée avec lui, Hamid m'a aidée à voir que la vie de Mère était déjà déchirée et que je ne pouvais rien y changer. Qui va m'aider à voir maintenant ?

La porte s'ouvre et Hend entre. Mère se précipite vers elle pour l'enlacer. Elle ouvre la bouche et une plainte aiguë jaillit. Hend la serre dans ses bras un moment, lui caresse le dos jusqu'à ce qu'elle s'apaise.

– J'ai trouvé la mère de Tariq et je lui ai appris ce qui s'est passé, dit-elle. Et Hamid ?

– Nous ne savons pas grand-chose. Ils vont l'opérer. La balle l'a touché à la tête, et ils ne sont pas optimistes, répond Mère.

Hend se cache la figure dans les mains et s'assoit. Une lamentation funèbre s'échappe d'entre ses doigts.

– Chut, chut, fredonne ma mère inlassablement.

On dirait une chanson, une berceuse. Agenouillée devant ma sœur, Mère la console à son tour, l'enlace, puis elle s'assoit par terre tandis que Hend sanglote. J'aide Mère à se mettre debout et lui apporte une chaise, près de Hend. Je m'assois sur le sol, à côté de Mère. Elle gémit tout bas.

Hend s'est levée, elle va et vient, va et vient. Puis elle se mord le poing.

Comme nous ne saurons rien de neuf avant un moment, je sors. Je vois un buisson d'hibiscus, et je me souviens du jour où Hamid nous en a offert, à Rula et à moi. Je respire un oranger fleuri, et je repense aux oranges volées, la nuit du trajet vers le camp. Chaque détail m'évoque de nouveaux souvenirs d'Hamid.

J'avais tellement peur qu'il arrive quelque chose, et la catastrophe est arrivée. Aurais-je pu faire plus ? Peut-être qu'Hamid avait raison. Il n'y a plus de sécurité nulle part. Mais jeter des pierres sur des soldats dans sa propre rue est un bon moyen de s'en assurer. Un élan de colère me secoue. Puis je réprime un cri. Comment puis-je être furieuse contre Hamid alors qu'il risque de mourir ? Que ferai-je s'il meurt, comme Père ?

À cet instant je ne peux plus retenir mes larmes, alors je m'assois simplement et je pleure. Je sens la pensée se mettre à tournoyer en moi : « Il meurt aussi, il meurt aussi, il meurt aussi. » Je ne peux pas l'arrêter. Elle m'entraîne vers l'endroit sans mots.

Je me rends compte que du temps passe, mais je ne sais pas combien. J'ai l'impression d'être prisonnière de l'obscurité.

Je titube jusqu'à la lumière aveuglante de la salle d'urgence. J'essaie d'écouter les conversations, mais mon esprit flotte au-dessus. Rien n'a de sens. Je m'assois. Puis je somnole. Ma tête heurte mes genoux, alors j'abandonne et je m'allonge. Lorsque je me réveille, je regarde le visage de ma mère. Les poches tombantes sous ses yeux et les rides qui partent de sa bouche me révèlent que nous sommes ici depuis des heures. Il est tard. La pièce déborde de gens qui ont dû arriver pendant que je dormais.

Je me mets sur mon séant et ma mère dit :

– Nous pensons que le médecin sera bientôt là.

Je me lève puis me penche pour hisser ma mère sur ses pieds. Hend se dresse de l'autre côté. La porte s'ouvre et un médecin entre, suivi d'une infirmière.

– Il a survécu à l'opération, annonce le médecin.

Un long soupir de soulagement franchit les lèvres de ma mère.

– Mais ça semble très grave, continue le médecin. S'il s'en tire, je redoute des séquelles irréparables.

Le visage de ma mère est gris. Non, ses vêtements sont gris. Non, c'est Hend qui est grise. Puis je m'aperçois que tous les gens ont perdu leurs couleurs et leur voix.

Les murs de la pièce s'inclinent en dedans. Le plafond descend. Le visage du médecin s'aplatit, sa bouche devient une ligne.

Tout est léger. Si léger. Tout est silencieux. Le sol monte pour rejoindre le plafond.

Les morceaux

– Elle s'est évanouie, dit une voix.

Ou bien y a-t-il deux voix et deux mondes séparés ? Rien ne concorde. J'entends des gens, mais je ne comprends pas.

J'essaie de dire quelque chose, mais je ne réussis qu'à bredouiller. Un son bizarre. Je réessaie, mais c'est toujours le même bredouillis. On dirait un morceau de mot, peut-être seulement des lettres.

– Elle a eu un choc et elle s'est évanouie.

Est-ce le médecin ? Est-ce sa voix ? Des mains me touchent le poignet, le visage.

– Oh non. Non.

Une autre voix. Une femme ?

– Pas une deuxième fois, mon Dieu, je vous en supplie.

J'ouvre les yeux et une clarté confuse apparaît. Je les referme. J'entends pleurer. Je suis sûre que ce sont des pleurs. Que se passe-t-il ?

– Remmenez-la chez vous. Elle a simplement besoin de repos.

– Mais la première fois que c'est arrivé, il lui a fallu longtemps pour reparler. Oh, mon Dieu, aidez-nous. Aidez-nous.

Je tourne la tête vers ces paroles. Est-ce Mère ? Je suppose.

C'est comme si j'étais renvoyée, renvoyée dans l'endroit aux pages en lambeaux. Au journal déchiré dans ma tête. Quel désordre.

Une autre voix.

– Et si c'en était trop cette fois ? D'abord Père, puis Hamid. Et si elle ne refaisait pas surface ?

Est-ce Hend ?

– Arrête ! hurle quelqu'un (ma mère, je crois). Ne dis surtout pas des choses pareilles.

Je soulève la tête et sens quelqu'un la soutenir. Je me redresse et sens des bras m'installer. Je suis sur une table. Quand j'ouvre les yeux, je vois Mère et Hend. Leurs visages sont tout près du mien. Ils me scrutent.

Je descends de la table. Mes jambes flageolent un peu. Mère me passe un bras autour des épaules.

Une infirmière lui dit :

– Ramenez-la chez vous, dans un endroit qu'elle connaît. Vous avez toutes besoin de repos. Vous ne pouvez plus rien faire ici.

Mère pleure.

– Chut, Maman, dit Hend. Elle n'a rien. Tu es épuisée. Rentrons à la maison.

Nous sortons dans l'obscurité.

– Restons bien ensemble, sans nous éloigner des bâtiments, nous recommande Hend.

Nous marchons enlacées puis, lorsque nous tournons à l'angle de notre rue, Hend dit :

– Regardez, l'aube pointe.

Mais j'entre dans la maison, dans ma chambre, je m'allonge sur le matelas.

Je ferme les yeux et vois des images tourbillonnantes. Non, juste des morceaux. Un hibiscus rose, une orange, une chèvre marron et blanche, une pierre.

J'entends des rires, des tirs, un galop de pas, des coups de tonnerre. Non, ce sont des explosions.

Je frissonne, puis transpire. Puis je m'assoupis, et je vole.

Des ailes d'oiseau m'emportent. « Oh, Abdo, tu es revenu me chercher. » Mais nous volons dans le brouillard. Un brouillard blanc. Je suffoque. Le gaz lacrymogène. Je halète, respire profondément.

Je suis réveillée. Je remue la tête de droite à gauche. Je chasse les images.

Mais elles se reforment. Elles me tirent vers le bas, toujours plus bas. Des graffitis rouges, des fleurs blanches écrasées, de l'herbe fine et jaune, des mirages vaporeux. Puis je me représente Père. Sa main levée, ses mains ruisselantes.

« Père ? Es-tu là ? Père courageux, Père courageux. » Les mots tournent encore et encore. Je glisse, mais vers le sommeil, cette fois-ci.

Bang, bang, bang. Quelqu'un me réveille en frappant à la porte d'entrée. Je vais dans la salle de séjour et m'assois sur le sofa. Un homme robuste se tient sur le seuil.

– Que la paix vous accompagne, dit-il.

– Qu'elle vous accompagne aussi, répond Hend.

– Comment va le garçon ? demande l'homme.

– Il a survécu à l'opération, Dieu soit loué, répond Hend, et elle jette un coup d'œil dans ma direction.

– Je voulais que vous le sachiez, l'autre garçon s'est éclipsé quelque temps, dit-il. On le transfère de cache en cache. Je voudrais parler à sa mère, mais je ne connais que votre adresse.

Ma mère n'a pas dit un mot.

L'autre garçon ? L'homme parle-t-il de Tariq ? Tariq se cache-t-il dans l'obscurité ? Ou est-ce l'obscurité qui le cache ? Tant d'obscurité. Qui le comprime, qui me comprime.

– Il s'appelle Tariq Ajrami. Sa mère est veuve, elle habite plus bas dans la rue. Les gens pourront vous montrer la maison, dit Hend.

Je regarde l'homme. Qui est-ce ? Il me semble que je devrais le savoir.

Hend s'avance.

– Vous avez tellement fait pour nous. Nous vous remercions d'avoir transporté Hamid à l'hôpital. Merci.

Elle se tait un instant.

– Je crois que je ne sais même pas comment vous vous appelez.

–Jamil Jamiyaa.

–Moi, c'est Hend Abed Atieh.

L'homme s'apprête à partir.

–Merci encore. Dieu vous garde, dit Hend.

Elle referme la porte derrière lui.

Mère se traîne jusqu'à une chaise. Hend me regarde et dit :

–Mère est déjà retournée à l'hôpital. Elle a vu Hamid. C'est la fin de l'après-midi, Malaak. Comprends-tu ce que je te dis ?

Je fais oui de la tête.

Elle s'installe à côté de moi. Personne ne dit rien pendant une minute ou deux. Hend s'agenouille devant Mère, lui prend le visage dans les mains et plonge les yeux dans les siens. Puis elle soupire, se redresse et allume la télévision.

–Il faut que tu arrêtes de penser à l'hôpital. Que tu te changes les idées. Regarde mon feuilleton.

Elle va dans la cuisine. Je l'entends s'affairer bruyamment. Mère et moi regardons la télévision.

Nous nous asseyons à la minuscule table de la cuisine. Je vois de l'*houmous* et du pain pita*. Mais mon estomac est déjà plein. Ou suis-je incapable de sentir l'intérieur de mon ventre ? Ou incapable de sentir mon ventre ? Je pose la main sur mon estomac. Quelles pensées. Quel fouillis.

Je quitte la table et monte dans ma chambre. Je m'assois sur le matelas. Je sors le cahier de poèmes d'Hamid et lis le premier vers du poème qu'il m'a récité sur le toit : « *Petit oiseau, petit oiseau, pourquoi ne voles-tu pas là-haut ?* » J'abandonne le cahier. Je ne peux pas en lire plus. Je ferme les yeux et me souviens d'Abdo. Je vais aller sur le toit. Mais une fois dans le couloir, j'entends la porte du rez-de-chaussée s'ouvrir et se refermer.

Puis j'entends Hend demander :

– Que fais-tu ici ? Ils pourraient fouiller la maison à ta recherche.

Puis j'entends la voix de Mère :

– Tariq.

– Il faut que je voie Malaak, explique Tariq. Jamil Jamiyaa m'a dit qu'elle s'était évanouie à l'hôpital et qu'elle ne pouvait plus parler quand elle avait repris conscience. Il a ajouté que, durant sa visite aujourd'hui, Malaak n'avait pas prononcé un mot. Qu'elle était assise immobile, le regard fixe.

Je commence à descendre l'escalier.

–Hend, j'ai peur pour elle, dit Tariq.

J'entre dans la salle de séjour.

–Malaak, tu as été si courageuse, dit Tariq. Tu as essayé de sauver Hamid. Je t'ai vue. Je sais à quel point tu aimes Hamid. Ne va pas dans ce lieu de silence. Je t'en supplie. Hamid a besoin de toi maintenant.

Je plonge mon regard dans les yeux de Tariq, et je vois qu'il sait. Il sait ce que j'éprouve. Il sait la confusion, les pensées tourbillonnantes. Il sait à quel point c'est dur.

–Tiens, dit Tariq.

Il me tend sa petite *taquia*.

–Porte-la à Hamid de ma part. Je t'en prie, Malaak. Je sais que je peux te faire confiance.

Hend s'approche et le prend par les épaules.

–Vite, il faut que tu t'en ailles.

Tariq ouvre la porte et s'esquive dans l'obscurité.

Mère vient vers moi et m'entoure de ses bras.

–Ma courageuse Malaak.

Je m'installe sur le sofa. Mère sort de la pièce. Elle revient avec une petite couverture.

–Dors ici. Je laisserai la lampe de la cuisine allumée.

Hend monte dans la chambre de Mère, et j'entends sa radio. La musique est douce. Ma mère se penche et dépose un baiser sur mon front.

–Que Dieu te protège cette nuit. Ma courageuse Malaak. Tu ressembles tellement à ton père.

Je ferme les yeux. Les images tourbillonnent, le visage pâle d'Hamid et un frémissement d'aile d'oiseau, mais j'entends toujours les paroles de ma mère : « Ma courageuse Malaak. Tu ressembles tellement à ton père. » Je vois encore le regard de Tariq. Hamid a besoin de moi. Tariq a raison. Je me répète les paroles de Mère sur le courage : « Le courage ne se manifeste pas dans un seul acte. Il se mesure aux choix de la nuit », encore et encore, jusqu'à satiété.

Quand je me réveille, je vois que ma mère plie des vêtements sur la longue table. J'entends la radio de Hend et me demande si elle l'a laissée fonctionner toute la nuit. Je me mets sur mon séant.

–Bonjour, Malaak. Ou plutôt bonne fin de matinée, Malaak.

–Je voudrais voir Hamid, dis-je à Mère.

J'ai la voix pâteuse. Ma langue semble énorme dans ma bouche. Ma mère se contente de me regarder. Dans ma main, il y a la *taquia* de Tariq. Je me lève et vais dans la cuisine. Je pose la *taquia* sur la table et me verse du jus d'orange. Je vide le verre sans reprendre mon souffle. J'ai tellement soif. Et mon ventre gargouille. Je me rends compte que je n'ai pas mangé depuis presque deux jours. Je prends du pain et du fromage.

La pluie

Pendant que je mange, Hend entre dans la cuisine.

–Mère me dit que tu veux voir Hamid. En es-tu certaine, Malaak?

Comme j'ai la bouche pleine, je fais oui de la tête. Puis je prends la *taquia*.

–Je dois lui donner ça, dis-je.

–Mais il n'a pas très bonne mine, Malaak, dit Hend. Je l'ai vu hier avant ton réveil.

Mère secoue la tête en direction de Hend. Je crois qu'elle lui dit: «Tais-toi, ça suffit.» Mais je n'en suis pas sûre.

Je m'habille, et nous quittons toutes les trois la maison. Tandis que nous descendons notre rue, des tas de gens nous arrêtent.

–Dieu soit remercié, tu es saine et sauve, me disent-ils.

– Que Dieu vous bénisse, vous et Hamid, disent-ils à ma mère.

Nous tournons à l'angle et continuons notre route. Les deux vieux joueurs de cartes se lèvent et me saluent de la main. Les larmes me viennent aux yeux. Hamid a tant d'amis.

Alors que nous atteignons la rue suivante, Mère me dit :

– Malaak, je veux que tu saches qu'Hamid est dans le coma. Ça signifie qu'il n'est pas conscient. C'est comme s'il dormait, mais il ne se réveille pas.

– Hier, l'infirmière m'a dit qu'il ne savait pas que j'étais là. Mais je connais Hamid. Il nous écoute. Il entend nos voix. J'en suis persuadée, affirme Hend.

– Et je suis convaincue qu'il lui tarde d'entendre ta voix, Malaak, dit Mère.

J'ai envie de courir en avant, mais je reste à côté de Mère et de Hend. Nous traversons la cour extérieure, et je passe devant les fleurs sans m'arrêter. Nous entrons dans l'hôpital par la salle des femmes. C'est propre, et il y a une plaque de bronze au mur. Derrière moi, quelqu'un commence à lire en anglais. Puis quelqu'un dit en arabe :

–*À la mémoire du capitaine Ivor Jones, né au pays de Galles, en 1895. Ancien élève de Leys School, Cambridge. Tombé à Gaza le 26 mars 1917.*

En montant l'escalier, je comprends que ce sont sans doute les mots anglais écrits sur la plaque.

Une infirmière reconnaît ma mère et dit :

–Je crains qu'il n'y ait aucun changement.

Je regarde la rangée de lits : Hamid est tout au bout. Un bandage lui enveloppe la tête. Au-dessus de son lit, des flacons coulent goutte à goutte dans des tubes reliés à son bras ; une machine clignote et bourdonne faiblement.

« Tombé à Gaza. »

Je sors de ma poche la *taquia* de Tariq et la glisse sous la main d'Hamid, posée sur le lit. J'observe sa tête bandée. Elle paraît aussi ronde et blanche que la pleine lune. Hamid a les yeux fermés. Ses cils noirs sont les taches de la lune. Il ne bouge pas. Les lumières clignotantes au-dessus de son lit ressemblent aux étoiles.

« Tombé à Gaza. Tombé à Gaza. »

Je regarde son visage pour voir s'il m'entend. Mais il est immobile. Tellement immobile. Tellement silencieux. J'aimerais dire: « C'est de la part de Tariq. Il voulait te la donner. »

Mais je ne peux pas. Je suis comprimée. Je ne peux plus regarder le visage d'Hamid. Je me détourne, descends l'escalier à toutes jambes et me précipite dans la cour. Je m'effondre sur le sol et m'enfouis la figure dans les mains. Hend me suit. Je la sens debout près de moi, mais elle ne dit rien. Puis j'entends ses pas qui s'éloignent et reviennent. Je lève les yeux, et elle s'agenouille à côté de moi. Elle tient une fleur d'hibiscus. Blanche. Elle me met la fleur dans la main.

Mère nous rejoint, et nous sortons dans la rue.

– Rentrons, dit Mère.

L'appel à la prière nous guide parmi les maisons serrées, les passages en retrait. Quand nous arrivons à la maison, je monte sur le toit et cherche Abdo, mais il n'est toujours pas là. Je veux plonger mon regard dans les yeux d'Abdo. Je veux m'envoler au loin. Le besoin de voler est si fort en moi aujourd'hui. Je l'ai senti dans la pression de l'obscurité à l'hôpital. C'était si dur d'être là-bas avec Hamid. Je ne sais pas si je pourrai y retourner, si je pourrai revoir Hamid sans m'envoler au loin.

Je contemple la lune. Puis un frémissement blanc me sépare d'elle. Il se pose au coin du toit. Mais ce n'est pas Abdo. C'est un oiseau sauvage. Perché à l'angle de l'auvent, il m'observe.

– Bonjour, oiseau.

Au son de ma voix, l'oiseau sauvage prend son essor en décrivant des cercles, porté par les courants, et n'est bientôt plus qu'un point d'ombre sur la lune. Puis il disparaît.

Père m'avait envoyé Abdo quand j'avais besoin de lui.

– Aide-moi encore, Père, dis-je.

Je descends l'escalier et me laisse tomber sur mon matelas. Je répète sans relâche les paroles de Mère sur le courage, jusqu'à ce que je m'endorme.

L'appel à la prière du matin me réveille. Mon cœur bat très vite, et j'ai le sourire. J'ai fait le rêve de la lune et de mon père. Il montait vers la lune en sautant d'étoile en étoile. Juste avant de l'atteindre, il s'est retourné et m'a lancé le signal « Je vais gagner ». Il tenait son autre main derrière son dos. Je lui ai renvoyé le signal, puis je me suis précipitée en sens inverse, j'ai longé la lune jusqu'au moment où je l'ai rejoint et serré dans mes bras. J'ai senti quelque chose dans sa main cachée derrière son dos.

– Laisse-moi rester ici avec toi, ai-je dit.

Mais il n'a pas répondu. Il s'est contenté de m'embrasser. Puis il a cessé de cacher sa main. Elle contenait le drapeau. Le drapeau palestinien.

Je me mets sur mon séant. Père m'a rendu visite la nuit dernière. Il sait qu'Hamid a besoin de moi. Père veut que je reste avec Hamid.

– Oh, Père, dis-je, tu crois sûrement que je peux aider Hamid.

Je m'habille et quitte la salle de bains.

– Mère fait la tournée des responsables, elle essaie d'obtenir le transfert d'Hamid dans un meilleur hôpital en Israël, me dit Hend. Aucun hôpital de Gaza n'est équipé ou approvisionné comme ceux d'Israël.

Elle me donne un sac de linge mouillé.

– Tiens, va étendre cette lessive.

Je l'emporte dans le passage de derrière. Je me rappelle la dernière fois que j'ai étendu la lessive. J'ai l'impression qu'il y a des années. J'accroche la jupe noire de Mère et mes deux uniformes de l'école. Puis je suspends le tee-shirt violet d'Hamid. Je retourne dans la maison. Hend est à la cuisine, alors je m'installe et la regarde pétrir le pain. L'aplatir à grands coups semble lui plaire.

– Cette matinée est tellement longue, lui dis-je.

Je balaie toutes les pièces de la maison. Même le toit. Quand je redescends, la porte s'ouvre et Mère entre. Je vois que les nouvelles ne sont pas bonnes. Elle fronce les sourcils, et des rides entourent ses yeux plissés. Elle pince les lèvres. Quand elle se met à parler, ses mots claquent comme de petites explosions :

– Ils refusent de le transférer dans un hôpital d'Israël. En réalité, ils font comme d'habitude : ils le transportent dès à présent à l'hôpital Shifa.

Hend gémit. Shifa est l'hôpital public. Personne ne veut y aller. À l'arrière du bâtiment, un graffiti dénonce : « Oui à la mort et à la privation. »

Je me dis qu'Hamid aura plus que jamais besoin de moi. Je ferme les yeux et me représente le drapeau de Père. Aujourd'hui, je vais l'apporter à Hamid. Mais à cet instant, je me souviens qu'il y aura des soldats postés au sommet de l'hôpital. Il faudra que j'introduise le drapeau en cachette. Les muscles de mes jambes et de mes bras se raidissent à cette pensée.

– Viens, Maman. Mange, puis nous irons là-bas cet après-midi, dit Hend.

Elle parle comme si elle était notre mère. Je déteste quand elle fait ça.

Après le repas, je monte dans ma chambre et plie le drapeau avec soin. J'y respire une dernière fois l'odeur de Père. Je le glisse sous mon chemisier, enfile un pull et enroule autour de mon cou une écharpe bouffante, verte, de Mère. Je la dispose sur mon ventre. Lorsqu'elle m'aperçoit, Hend me dit :

– Tu ne risques pas d'avoir froid.

Je me contente de répondre :

– J'ai froid, justement.

Et je sors de la maison devant elle. Nous marchons très vite. Je crois que Mère est toujours furieuse. Des gens nous parlent en chemin, mais elle répond d'un simple signe de tête. Je crois qu'elle ne pense qu'à voir Hamid. Nous descendons Omar al-Moktar. J'observe les fenêtres des petits bureaux en passant. Il y a beaucoup de volets baissés. Les rues grouillent de marchands. L'un d'eux vend des chaises en rotin, qu'il écarte sans arrêt du passage. Une voiture klaxonne et le renverse presque. Deux hommes en costume de ville se disputent à un angle. Je les regarde gesticuler tandis qu'ils avancent et reculent. Pourquoi tous les gens sont-ils furieux ?

Je vois des murs surplombés de bougainvilliers violets. Enfin, nous arrivons face à l'hôpital. Je lève les yeux et distingue les soldats sur le toit. Ils nous montrent du doigt en riant. Je serre mes bras contre ma poitrine, baisse le menton et traverse la rue à toutes jambes. Pour un peu, je trébuchais sur une civière tachée de sang devant l'hôpital.

Mère m'attrape le coude.

– Pas à pas, me dit-elle.

J'aspire de profondes goulées d'air. J'ai l'impression que je vais vomir. Hend hurle lorsqu'un chat errant jaillit du bâtiment. Et les soldats se remettent à rire. Nous entrons dans l'hôpital. Les murs sont crasseux. « Pas à pas », me dis-je.

J'échappe à Mère et file au premier étage. Hamid n'est qu'à un lit de l'escalier. Il a toujours la tête bandée, mais le drap est replié sous ses bras. Il a une épaule nue ; l'autre est enveloppée de gaze, comme des couches de plumes. Je m'agenouille près de son lit. Je dégage le drap sous son bras bandé. Puis je sors le drapeau et le glisse sous le drap.

Je me penche vers Hamid pour lui chuchoter quelques mots, mais ma mère arrive en haut des marches et demande :

– Malaak, est-ce que tu pries ?

Je fais non de la tête. Je reste agenouillée près d'Hamid, ma main posée sur son bras.

Mère et Hend se placent de l'autre côté du lit. Hend fait une comédie avec le drap. Je veux qu'elle arrête. Mère parle à Hamid : de l'hôpital, des responsables qu'elle a rencontrés, de notre trajet jusqu'ici dans tous ses détails. Il semble qu'elle parle juste pour parler.

Je guette un petit signe qui révélerait qu'Hamid nous entend. Même un léger battement de paupières. Mais rien. Au bout d'un moment, Hend dit :

– Maman, je crois que nous devrions rentrer. La journée a été longue pour toi.

Elles s'apprêtent à partir, mais je ne bouge pas. Elles commencent à s'éloigner.

Je me penche et chuchote :

– Je sais que tu sens le drapeau. C'est le meilleur morceau que j'ai de Père.

– Viens, Malaak, appelle Mère.

Je m'éclaircis la voix.

– Non, Maman. Je veux rester seule pour dire au revoir à Hamid.

– Bien, encore une minute. Nous t'attendons près de l'escalier.

Je continue à l'adresse d'Hamid :

– En rêve, Père m'a dit de te l'apporter. Il ne m'a pas abandonnée, et je ne t'abandonnerai pas. Je reviendrai te voir autant que je le pourrai, et j'apporterai le drapeau à chaque visite. Je ne peux pas te le laisser, parce que quelqu'un risquerait de le découvrir, et qu'il y a des soldats dans cet hôpital.

Je soulève le bras d'Hamid, enlève le drapeau et le remets sous mon pull.

– Viens, Malaak, dit Mère. Allons-nous-en.

Je me lève. Elles descendent l'escalier.

Les soldats postés sur le toit chantent. Ils articulent mal.

– Ils ont l'air ivres, remarque Hend.

Et nous traversons la rue en hâte. Une camionnette de l'hôpital est là, pour ramener les patients chez eux. Le chauffeur nous fait signe de monter.

– Je n'aime pas l'allure de ces soldats, dit-il. Je vais vous reconduire.

– Oh, merci, dit Hend.

Mère soupire, soulagée.

Nous cahotons dans la camionnette. Elle semble tressauter dans le moindre nid-de-poule, mais peu m'importe. J'ai les yeux fermés, et je chantonne intérieurement : « J'ai réussi. J'ai réussi. »

J'ai laissé derrière moi l'obscurité.

J'ai apporté le drapeau à Hamid.

Je serre le drapeau tout contre moi. Je touche à la fois Père et Hamid en le tenant.

Lorsque nous arrivons à la maison, je me précipite sur le toit. J'ai envie de crier à tue-tête, mais il est trop tard. J'ai beau regarder, il n'y a aucune trace d'Abdo. Le soleil s'est couché. Je vois une immense guirlande de nuages roses, et j'entends l'appel à la prière. J'entends Mère et Hend. Elles sont dans la cuisine. Leurs voix montent vers moi.

Je décide de venir ici tous les matins envoyer mes pensées à Hamid. Je penserai : « Tu es un combattant. Tu vas survivre. Tu es un combattant. Tu vas survivre. » Je sens la force contenue dans ces mots. Ils le soutiendront jusqu'au moment où je pourrai le revoir tous les jours.

Je lève les yeux vers le ciel. Les nuages masquent la lune. Une goutte de pluie me frappe le visage. Puis une autre, et encore une autre. J'entends la voix de Père : « Ah, Malaak, ne sais-tu pas que, quand il pleut à Gaza, c'est le signe que Dieu sourit ? Il sait combien nous avons besoin de pluie. »

J'ouvre la bouche et avale les gouttes. « Merci, Père. »

Lexique

Djellaba (p. 53) : robe longue à capuchon, portée par les hommes et les femmes.

Falafel (p. 130) : croquettes de pois chiches frites légèrement épicées, généralement servies dans du pain, avec différentes salades.

Hidjab (p. 65) : foulard porté par la femme musulmane.

Houmous (p. 131) : purée de pois chiches.

Iftar (p. 125) : levée du jeûne du ramadan, au coucher du soleil.

Jilbab (p. 115) : sorte de robe ample noire, en couleurs ou imprimée.

Katayef (p. 127) : crêpe à la crème de lait, servie avec du sirop de sucre.

Mahshi (p. 101) : légumes farcis.

Pain pita (p. 208) : pain non levé, fourré de viande, de fromage ou de légumes.

Sahlab (p. 161) : boisson sucrée chaude, à base de lait, aromatisée à la cannelle.

Shabab (p. 11) : jeunes. Ce terme désigne les très jeunes militants, toujours en première ligne dans les confrontations avec l'armée israélienne.

Souhour (p. 126) : le repas du matin, avant l'aurore, pendant le ramadan.

Thaub (p. 176) : vêtement féminin traditionnel, sorte de longue tunique à manches longues.

Youyou (p. 117) : cri poussé par les femmes arabes à l'occasion de certaines cérémonies.

Remerciements

Je suis reconnaissante aux personnes et aux organismes ci-dessous qui, prodigues de leur temps et de leurs archives, m'ont aidée dans mes recherches et à d'autres égards :

Nivin Qaisi et Nisreen Qaisi, pour leur hospitalité et leur témoignage.

Muhannad Darwish, pour son témoignage et son documentaire.

James et Linda Herr-Wheeler, pour leur hospitalité, leurs photos, leurs témoignages et la lecture de mon manuscrit.

Dave Oberholtzer Lefever, mon ami écrivain, pour ses encouragements et sa lecture de mon manuscrit.

Assaf J. Kfoury et son épouse, Irene Gendrier, pour leur lecture de mon manuscrit.

Mennonite Central Committee.

Teaching the Word Ministries.

Palestinian Center for the Study of Non-Violence.

Dick Doughty et Mohammed el-Aydi, pour le poème.

Tous les amis et les membres de ma famille qui m'ont écoutée et conseillée durant l'écriture de ce livre, en particulier fin septembre 2001.

Pour aller plus loin...

1947-1949

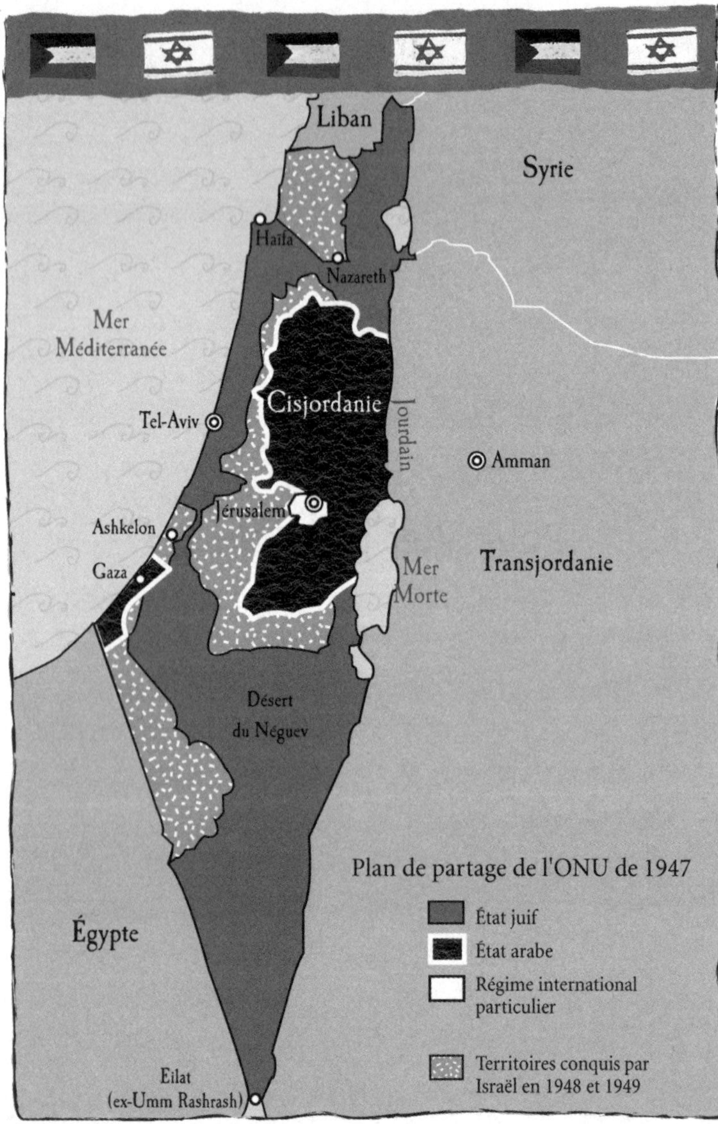

Liban
Syrie
Haïfa
Nazareth
Mer
Méditerranée
Cisjordanie
Jourdain
Tel-Aviv
Amman
Jérusalem
Ashkelon
Gaza
Mer
Morte
Transjordanie
Désert
du Néguev
Plan de partage de l'ONU de 1947
État juif
État arabe
Régime international particulier
Territoires conquis par Israël en 1948 et 1949
Égypte
Eilat
(ex-Umm Rashrash)

AUJOURD'HUI

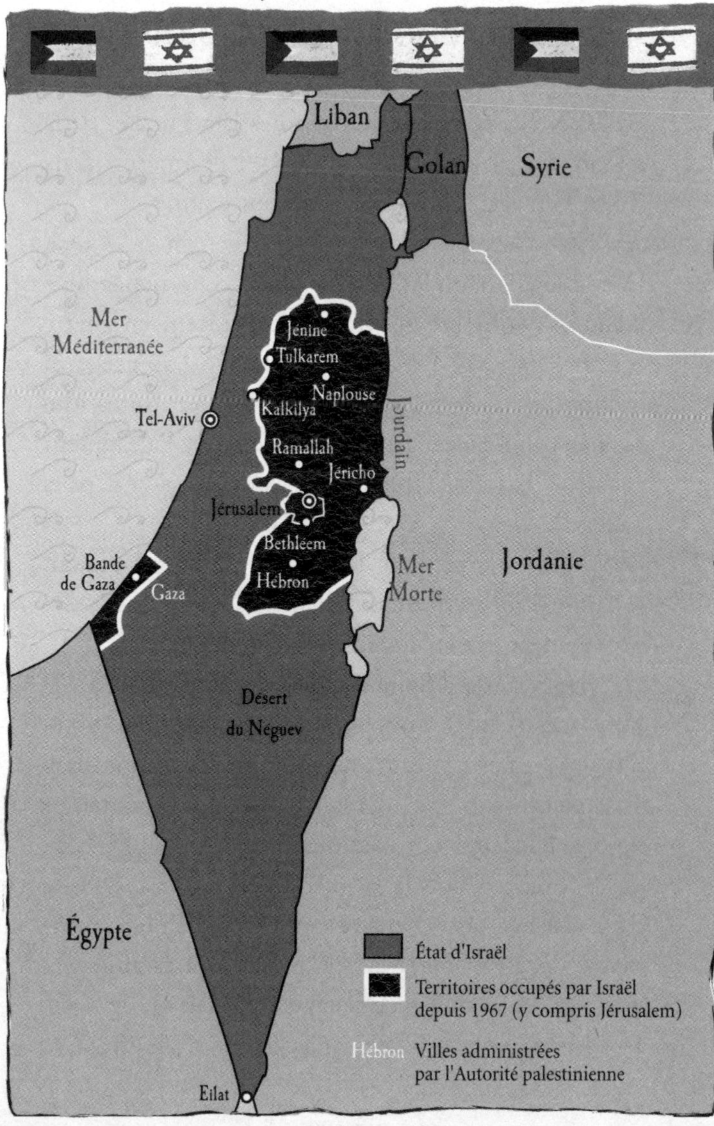
Liban
Golan
Syrie
Mer
Méditerranée
Jénine
Tulkarem
Naplouse
Kalkilya
Tel-Aviv
Jourdain
Ramallah
Jéricho
Jérusalem
Bethléem
Bande
de Gaza
Gaza
Hébron
Mer
Morte
Jordanie
Désert
du Néguev
Égypte
État d'Israël
Territoires occupés par Israël
depuis 1967 (y compris Jérusalem)
Hébron
Villes administrées
par l'Autorité palestinienne
Eilat

Quelques repères chronologiques

1947: l'ONU adopte, contre l'avis des États arabes de la région, un plan de partage de la Palestine en deux États, l'un arabe et palestinien, l'autre juif.

1948: l'État d'Israël est proclamé officiellement le 14 mai. Dès le lendemain, les armées libanaise, syrienne, irakienne, égyptienne et jordanienne entrent en guerre contre le nouvel État. Israël repousse l'offensive et occupe la plus grande partie des territoires qui auraient dû former l'État palestinien. Les Palestiniens chassés d'Israël se réfugient en Cisjordanie et dans la bande de Gaza.

1950: la Cisjordanie et la bande de Gaza, qui avaient échappé à l'occupation israélienne, sont annexées, respectivement par la Jordanie et l'Égypte.

1964: création de l'Organisation de libération de la Palestine (OLP) dont le but est « l'élimination » d'Israël en tant qu'État souverain et la création d'un État palestinien. Ces demandes resteront longtemps un obstacle à des négociations entre Israël et l'OLP.

1967: le 5 juin, début de la guerre des Six Jours. L'État d'Israël lance une offensive contre les aviations égyptienne, jordanienne et syrienne, qui sont détruites en une journée. Au terme d'une guerre éclair de six jours, Israël conquiert la Cisjordanie, la bande de Gaza, le

Golan, la péninsule du Sinaï et Jérusalem-Est. Mais ces territoires ne sont pas intégrés à l'État d'Israël, ce qui aurait donné des droits et un statut aux Palestiniens qui y vivent. Ce sont des territoires occupés par Israël.

1969: Yasser Arafat devient le leader de l'OLP. L'Organisation admet que juifs et musulmans pourront cohabiter, mais dans un seul État palestinien, laïc et démocratique, à créer à la place d'Israël.

1973: le 6 octobre, l'Égypte et la Syrie attaquent Israël pour reconquérir les territoires perdus en 1967. C'est la guerre du Kippour. L'armée israélienne repousse les assaillants en quelques jours.

1974: l'OLP accepte le principe d'une cohabitation entre un État palestinien et Israël. De la part de cette organisation, c'est le début d'une reconnaissance implicite de l'État juif.

1979: signature des accords de Camp David (États-Unis). Israël restitue le Sinaï à l'Égypte, l'Égypte reconnaît officiellement Israël.

1987: soulèvement spontané de jeunes Palestiniens en Cisjordanie et dans la bande de Gaza, qui se heurtent à l'armée israélienne armés de simples pierres. C'est la première intifada ou « guerre des pierres ». Cette révolte, sévèrement réprimée par les Israéliens, contribue à relancer les tentatives de règlement du problème palestinien.

1988: l'OLP accepte les résolutions de l'ONU aboutissant à une reconnaissance implicite de l'État d'Israël.

1993: fin de la première intifada. Les accords d'Oslo, signés par Yitzhak Rabin, Premier ministre israélien, et Yasser Arafat, prévoient une reconnaissance mutuelle de l'OLP et d'Israël, ainsi que l'établissement d'une certaine autonomie à venir pour certains secteurs palestiniens. Les négociations doivent se poursuivre pendant une période transitoire, pour fixer les détails de la future autonomie palestinienne. Elles portent aussi sur les principaux obstacles à une paix durable, tels que l'avenir de Jérusalem, le droit au retour et à la terre pour les réfugiés palestiniens, et le problème des colonies israéliennes dans les territoires occupés.

1994: conformément aux accords d'Oslo, Israël se retire de la ville de Jéricho et de la bande de Gaza qui seront désormais administrées par une Autorité palestinienne. Yitzhak Rabin, Shimon Peres et Yasser Arafat reçoivent le prix Nobel de la paix.

1995: les négociations consécutives aux accords d'Oslo commencent, mais les extrémistes des deux bords font tout pour faire échouer le processus de paix. Le Premier ministre israélien est assassiné par un extrémiste juif, tandis que le mouvement palestinien

Hamas lance une campagne d'attentats. En septembre, un nouvel accord est conclu : sept autres villes passent sous le contrôle de l'Autorité palestinienne (*voir carte*). Mais Israël va poursuivre ses implantations de colonies juives dans les territoires occupés.

1996 : Yasser Arafat est élu président du Conseil de l'autonomie palestienne. Pendant quatre ans, les négociations avec Israël se poursuivent. L'administration palestinienne a beaucoup de mal à se mettre en place, minée par la corruption, les malversations, l'occupation israélienne et la personnalité de Yasser Arafat, peu porté à déléguer son pouvoir. De son côté, le gouvernement israélien poursuit sa politique d'implantation de colonies et d'appropriation de terres, ce qui complique encore la situation.

1998 : les accords de Wye Plantation (États-Unis) prévoient un retrait israélien en trois phases de 13 % de la Cisjordanie. Seule la première phase est réalisée.

2000 : le délai fixé par les accords d'Oslo, plusieurs fois prolongé, expire. Les ultimes négociations menées à Camp David, puis à Taba en Égypte, échouent. Après sept années d'espoirs déçus, les heurts reprennent : c'est le début de la seconde intifada. Attentats contre Israël, répression, meurtres de responsables palestiniens se succèdent.

2001 : Ariel Sharon est élu Premier ministre en Israël.

2002 : après un attentat particulièrement meurtrier, Israël lance l'opération « Rempart » : les villes autonomes sont réoccupées, les structures de l'Autorité palestinienne anéanties. Yasser Arafat est prisonnier dans son quartier général de Ramallah, près de Jérusalem.

2004 : le 11 novembre, Yasser Arafat meurt.

Bibliographie

DOCUMENTAIRES

COUPRIE (Katie), *Un monde palestinien*, Thierry Magnier, 2001.

FINK (Galit), SHA'BAN (Mervet Akram), *Si tu veux être mon amie*, Gallimard Jeunesse, 2002.

GRANGE (Jocelyn), DE VÉRICOURT (Guillemette), *Questions sur les Palestiniens*, Milan, coll. « Les Essentiels », 2002.

ROMANS ET RÉCITS

CARMI (Daniella), *Samir et Jonathan*, Hachette Jeunesse, 1994.

DEKEL (Ouzi), *Les Taggeurs de Jibaliyya*, Syros Jeunesse, 2001.

GHASI (Randa), *Rêver la Palestine*, traduit de l'italien par Anna Buresi, Flammarion, coll. « Grand format », 2002.

HASSAN (Yaël), *Tant que la terre pleurera*, Casterman, coll. « Comme la vie », 2004.

MIRAIL (Chantal), *Des Figues contre un mur de barbarie*, Ancre et Encre, 2003.

ZENATTI (Valérie), *Quand j'étais soldate*, L'École des loisirs, coll. « Médium », 2002.

Les cartes, la chronologie et la bibliographie
sont de la seule responsabilité des Éditions Milan.

Achevé d'imprimer en France par France-Quercy
Dépôt légal : 1er trimestre 2005
N° d'impression : 42997